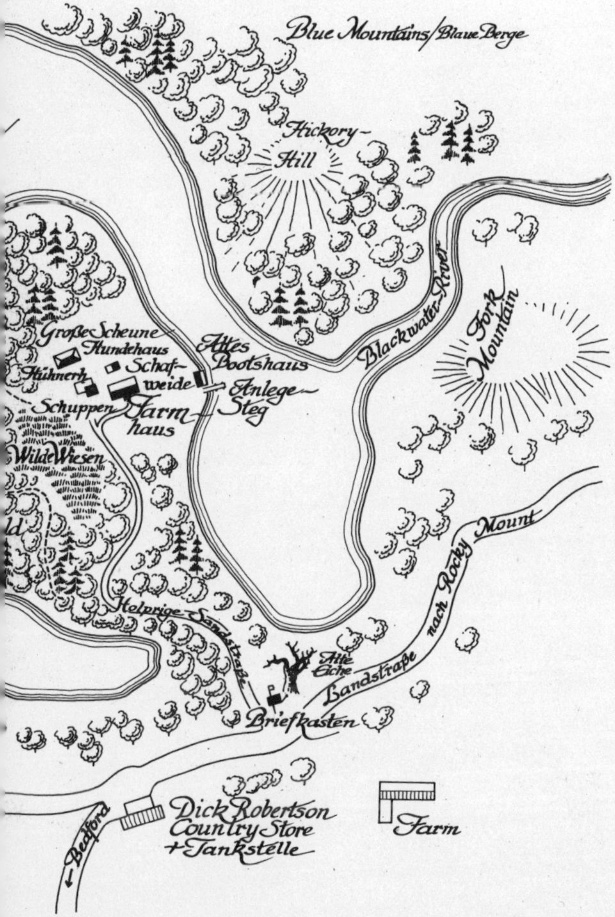
Blue Mountains/Blaue Berge
Hickory-Hill
Blackwater-River
Fork Mountain
Große Scheune
Hundehaus
Hühnerh.
Schaf-weide
Altes Bootshaus
Anlege-Steg
Schuppen
Farm-haus
Wilde Wiesen
Holprige Sandstraße
Alte Eiche
Landstraße nach Rocky Mount
Briefkasten
Dick Robertson Country Store + Tankstelle
Farm
← Bedford

Dieses SchneiderBuch gehört

____

Geschenkt von

____

Rainer M. Schröder

DIE FARM AM BIBERSEE

Katzentheater

Illustriert von Fritz Wendler

Schneider-Buch

CIP-Kurztitelaufnahme der Deutschen Bibliothek

Schröder, Rainer M.:
Die Farm am Bibersee / Rainer M. Schröder. –
München : F. Schneider

Bd. 2. Katzentheater. – 1987.
ISBN 3-505-09656-3

Schneider-Buch

8000 München 46 · Frankfurter Ring 150

Umschlagbild: Fritz Wendler, Weyarn
Umschlaggestaltung: Angelika Bachmann, München
Illustrationen: Fritz Wendler, Weyarn
Lektorat: René Rilz
Herstellung: Gabi König
Satz/Druck: Presse-Druck Augsburg
ISBN: 3 505 09656-3
Bestell-Nr.: 9656

Eier-Premiere

Ein handbreiter Lichtstrahl fiel durch den Spalt zwischen den Gardinen, lief als leuchtend helles Band über den Boden aus blankpolierten Eichenbrettern, kletterte dann am Bett hoch, wanderte über die fröhlich gemusterte Decke und fiel auf Axels Gesicht, das um Augen und Nase mit Sommersprossen gesprenkelt war. Ein neuer Sommertag war auf der Farm am Bibersee angebrochen.

Axel drehte sich auf die Seite, um dem hellen, warmen Sonnenstrahl zu entkommen. Sein erster Gedanke galt seinem gerade drei Monate alten Hundebaby Jenny. Ganz vorsichtig öffnete er die Augen. Gerade nur so weit, daß er über den Bettrand blinzeln konnte.

Wie jeden Morgen saß Jenny auch jetzt am Kopfende des Bettes. Ihr pechschwarzes, kurzes Fell war glatt und glänzend. Nur auf der Brust und an den Pfoten hatte sie weiße Flecken. Ihre kleinen Schlappohren waren aufgestellt. Erwartungsvoll schaute sie ihn mit ihren blauen Augen an. Sie saß ruhig da und rührte sich nicht von der Stelle.

Axel stellte sich schlafend und verkniff sich ein Lächeln. Jenny beobachtete ihn so jeden Morgen. Solange er die Augen geschlossen hielt, blieb sie ganz ruhig. Doch sowie er die Lider aufschlug und zu erkennen gab, daß er aufgewacht war, war es mit ihrer Geduld vorbei.

Er öffnete die Augen. „Guten Morgen, Jenny!" rief er.

Mit einem Satz war Jenny bei ihm. Ihr Schwanz wedelte in einem schnellen, freudigen Rhythmus hin und her und schlug wie ein Teppichklopfer auf die Decke. Gleichzeitig legte sie ihrem dreizehnjährigen Herrchen die kleinen Pfoten auf die Schulter und begrüßte ihn ausgelassen.

Axel lachte und spielte ein paar Minuten mit Jenny, kraulte ihre Brust und rieb zärtlich ihre Schnauze. Er hatte Jenny bekommen, als sie gerade zehn Wochen alt gewesen war. Und er liebte seine schwarze Jenny so sehr wie seine zwei Jahre ältere Schwester Dagmar ihren reinrassigen Ben. Natürlich hatte er auch Ben ins Herz geschlossen, aber Jenny liebte er noch mehr.

„So, genug jetzt! Runter vom Bett! Wenn Mutti und Paps uns so erwischen, schimpfen sie wieder." Axel schlug die Decke zurück, fuhr sich durch sein braunes, gelocktes Haar und ging über den kleinen Flur ins Zimmer seiner

Schwester hinüber. Von unten aus der Küche drang das Klappern von Töpfen und Geschirr zu ihnen hoch. Kaffeeduft zog durch das hundert Jahre alte Farmhaus am Bibersee.

Dagmar war schon wach, lag aber noch im Bett und las in einem Buch. Ben ließ sofort von seinem Knochen ab, an dem er kaute, und begrüßte die beiden freudig. Er war viel größer und kräftiger als Jenny. Mit seiner langhaarigen, goldbraunen Mähne sah er fast wie ein kleiner Löwe aus. Und sogar Axel mußte zugeben, daß Ben die schönsten, ausdrucksvollsten Gesichtszüge besaß, die er je bei einem Hund gesehen hatte. Ben fühlte sich als König auf der Hellwig-Farm, und genauso benahm er sich auch. Als Axel Jenny auf die Farm gebracht hatte, war Ben tief gekränkt und eifersüchtig gewesen. Doch dann hatte er Freundschaft mit Jenny geschlossen, und nun waren sie ein unzertrennliches Paar.

„Los, aus den Federn, du Langschläfer!" rief Axel.

„Laß du die Hunde raus! Ich will das Kapitel noch zu Ende lesen", erwiderte Dagmar.

„Mutti macht schon das Frühstück. Und wir wollen doch nachher mit Terry und Steve auf dem See Floß fahren!"

„Das Floß rennt uns schon nicht weg. Und vor zehn sind sie bestimmt nicht hier. Sie kommen doch mit dem Fahrrad."

Axel hob die Schultern, wusch sich schnell, zog Shorts und ein T-Shirt an und lief in die Küche hinunter. Sein Vater deckte auf der Veranda gerade den Frühstückstisch, während seine Mutter Speck in der Pfanne briet. Ben und Jenny saßen einträchtig neben ihr und warteten, daß für sie ein Leckerchen in Form einer Scheibe Toast oder Wurst abfiel. Und selten wurden sie enttäuscht. Beide hatten gelernt, Männchen zu machen.

„Schluß jetzt mit der Bettelei!" sagte Helga Hellwig energisch, als Ben und Jenny ihr in der Küche auf Schritt und Tritt folgten. „Nimm sie mit nach draußen, Axel."

„Klar." Axel schnappte sich den kleinen Drahtkorb und rief Ben und Jenny. Fröhlich folgten sie ihm und tollten über die große Wiese, auf der noch der Morgentau glitzerte.

Die Farm der Familie Hellwig lag auf einer großen, bewaldeten Halbinsel am Beaver Lake im Süden von Virginia. Der Bibersee sah an dieser Stelle eher wie ein breiter Fluß aus. Wollte man das Ufer der Halbinsel abgehen, brauchte man dafür eine gute Stunde. Das Farmhaus mit seinem dunkelgrünen Dach und den neugestrichenen weißen Wänden stand inmitten einer großen Lichtung auf der Kuppe einer kleinen Anhöhe. Sanft fiel der Hang zum Wasser hin ab. Am Ufer stand ein altes Bootshaus, zu dem auch ein wackeliger Anlegesteg gehörte. Dort lag ihr Floß vertäut, das sie in den letzten Wochen selbst gebaut hatten. Jeff, ihr siebzehnjähriger Freund, und der alte Carlton hatten ihnen dabei geholfen. Zur Farm gehörte auch ein baufälliger Holzschuppen, den sie zum Teil in einen Hühnerstall mit Freigehege umgebaut hatten, und eine große, solide Scheune. Die Scheune war vom Haus aus jedoch kaum zu erkennen. Sie lag gut zweihundert Meter entfernt hinter einem wahren Dschungel aus wild wucherndem Gestrüpp, hohen Büschen und Bäumen verborgen. Die Farm war seit Jahren nicht mehr bewirtschaftet worden und hatte schrecklich heruntergekommen ausgesehen, als die Hellwigs sie vor wenigen Monaten gekauft hatten.

Als Axel zum Hühnerstall ging, dachte er, daß bestimmt

noch einmal viele Monate vergehen würden, bis die Farm wieder in Ordnung war. Aber sein Vater war ja nicht Farmer von Beruf, sondern Schriftsteller.

Axel war froh, daß seine Eltern während eines Amerikaaufenthaltes spontan diese alte Farm gekauft hatten. Er wollte nicht wieder nach Frankfurt zurück und Dagmar inzwischen auch nicht mehr. Sie hatten bisher immer in Großstädten gewohnt, einmal sogar zwei Jahre in London. Es war toll gewesen, doch nichts ging über das Leben hier auf der Farm am Bibersee.

„Ihr bleibt schön draußen!" sagte Axel streng zu Ben und Jenny, als er die Tür zum Hühnergehege aufhakte. Sie hatten vierundzwanzig Hühner, die herrliche braune Eier legten. Gackernd begrüßten ihn die Hühner. Sie umringten ihn, pickten gegen seine Beine und warteten voller Ungeduld darauf, daß er ihre Futterrinne füllte. Das Versorgen der Hühner und das Säubern des Stalls war seine Aufgabe. Axel liebte diesen morgendlichen Gang. Er sammelte die noch warmen Eier ein, die er in den Strohnestern fand, und legte sie vorsichtig in den Drahtkorb: genau vierundzwanzig Stück. Seit drei Tagen legte nun schon jede Henne ein Ei.

Axel hängte den Korb an einen Haken unter der Decke, hob den Deckel von der Aluminiumtonne mit dem Körnerfutter und hielt ihnen zwei Hände voll hin. Sie umdrängten ihn und fraßen ihm die Körner gierig aus der Hand. Er mochte es, wenn sie ihm aus der Hand pickten. Es war ein schönes Gefühl, ihre kleinen Schnäbel zu spüren.

Er füllte schließlich ihre lange Futterrinne. Der Wasserspender war noch halb voll. „Nachher bringe ich euch die Küchenreste", versprach er, nahm den Eierkorb und ging ins Haus zurück. Dagmar war inzwischen aufgestanden, und wenig später saß die ganze Familie Hellwig in der schon warmen Morgensonne und frühstückte. Ben und Jenny lagen unter dem Tisch.

„Schon wieder vierundzwanzig Eier!“ sagte Helga Hellwig kopfschüttelnd. „Was sollen wir bloß mit all den Eiern anfangen? Andauernd Rührei, Eiersalat und Spiegelei kann ich ja auch nicht machen. Drei, vier Hühner hätten völlig gereicht.“

„Aber vierundzwanzig sind besser“, sagte Axel, der nicht ein Huhn missen wollte. „Vier, das wäre ja richtig mickrig.“

„Wir könnten sie rupfen und als Suppenhühner verwenden“, scherzte sein Vater.

„Nichts da!“ protestierte Axel. „Kein einziges Huhn wird gerupft.“

„Das wäre auch eine Schande! Schließlich sind es doch richtig gute Legehennen“, stimmte seine Mutter zu. „Und Suppenhühner hätten wir billiger haben können. Aber irgend etwas muß mit den Eiern geschehen. Ich habe jetzt schon fast vierzig Eier zuviel. Und wenn jeden Tag vierundzwanzig dazukommen...“

„Wir können Carlton und Jeff welche geben“, schlug Dagmar vor.

„Carlton hat selber Hühner auf seiner Farm, und Jeffs Vater hat ein Lebensmittelgeschäft. Der braucht von uns keine Eier“, sagte ihr Vater.

„Warum verkaufen wir sie nicht?“ fragte Axel.

„An wen denn?“ wollte Daggi wissen.

Axel zuckte die Schultern. „Mir wird schon was einfallen.“

„Verkaufen wäre natürlich am besten“, stimmte ihr Vater

zu. „Dann könnten wir vielleicht das Geld fürs Futter wieder reinkriegen. Aber wer nimmt sie uns ab?"

„Wieviel kostet ein Dutzend großer, brauner Eier im Geschäft?" fragte Axel seine Mutter, denn er hatte plötzlich eine Idee.

„Etwa einen Dollar."

„Aber sind frische Landeier nicht mehr wert?"

Seine Mutter nickte. „Ja, eigentlich schon. Aber weshalb fragst du?"

„Kann ich die Hälfte des Geldes behalten, wenn ich alle unsere überzähligen Eier verkaufe?" fragte er aufgeregt. Er dachte an den kleinen Außenbordmotor, den Jeff ihnen für ihr Floß geliehen hatte. Er war zwar schon alt, lief aber immer noch gut. Für fünfzig Dollar würde er ihn verkaufen, hatte er einmal gesagt. Damals hatte Axel nicht gewußt, wie er jemals fünfzig Dollar zusammenbringen sollte. Aber jetzt gab es eine Möglichkeit – indem er sich als Eierverkäufer versuchte!

Seine Eltern schauten sich belustigt an. Dann sagte Rolf Hellwig: „Ich möchte wissen, was du dir ausgedacht hast, Axel."

„Wenn es funktioniert, sage ich es euch."

„Von mir aus. Machen wir also halbe-halbe!"

Axel strahlte. Nach dem Frühstück lief er in sein Zimmer, holte einen dicken Filzstift und schnitt aus einem großen Umzugskarton eine Seitenwand heraus.

Dagmar war ihm gefolgt, setzte sich aufs Bett und sah ihrem Bruder neugierig zu. „Kannst du mir mal sagen, was das werden soll, wenn es fertig ist?" fragte sie. „Wem willst du denn die vielen Eier andrehen? Jeffs Vater verkauft sie bestimmt nicht in seinem Geschäft, darauf gehe ich jede Wette ein."

Axel sah sie verschmitzt an. „Das habe ich auch gar nicht vor, Daggi! Ich mache meinen eigenen Stand auf!"

„Wie bitte?"

„Ich trag' die Eier, einen Klappstuhl und den kleinen Campingtisch nach oben an die Landstraße, stelle mein Schild auf und verkaufe dort die Eier. Ist doch ganz einfach", erklärte er und drehte den Karton nun zu ihr herum. Darauf stand:

Garantiert frische Landeier
von glücklichen Hühnern!
1 Dutzend große braune Eier
$ 1,10

Verblüfft starrte Dagmar auf das Schild. Dann verzog sich ihr Gesicht zu einem breiten Grinsen. „Mensch, das ist wirklich *die* Idee! Straßenverkauf!" Dann zog sie die Stirn in Falten. „Aber ein Dollar und zehn Cent pro Dutzend sind ein ganz schön happiger Preis."

„Die zehn Cent habe ich extra draufgeschlagen, damit die Leute mich auf einen Dollar runterhandeln können", sagte er verschmitzt.

„Hoffentlich hält auch jemand an und kauft!"

„Kommst du mit?"

„Na, logo! Diese Eier-Premiere lasse ich mir doch nicht entgehen."

Sie versteckten das Schild vor ihren Eltern, holten zwei Klappstühle und den kleinen Campingtisch aus dem Keller und marschierten damit über den sandigen, schlaglochübersäten Weg, der von der asphaltierten Landstraße zu ihrer Farm am Ende der Halbinsel führte. Es waren anderthalb Kilometer, und obwohl die Sandpiste zu einem guten Teil durch schattigen Wald führte, gerieten sie doch ganz schön ins Schwitzen. Ben und Jenny waren mit ihnen gekommen.

„Endlich!" stöhnte Dagmar, als sie die Landstraße erreicht hatten. Hier oben stand auch ihr großer, blecherner Briefkasten mit der kleinen, roten Metallfahne an der Seite. War die Fahne hochgeklappt, wußte der motorisierte Briefträger, daß er anhalten und Post mitnehmen mußte. Und hatte er Post für sie, ließ er die Fahne oben.

Sie stellten Tisch und Stühle in den Schatten eines Baumes. Das Pappschild lehnten sie gegen den Pfosten, auf dem ihr Briefkasten festgeschraubt war.

„So, jetzt können die Kunden kommen", meinte Axel.

Sie hatten genau drei Dutzend Eier zu verkaufen.

„Und was machst du, wenn niemand anhält?" wollte Dagmar wissen, die auf einmal wieder voller Zweifel war, ob Axels Plan auch klappen würde.

„Nur Geduld", antwortete er und gab sich zuversichtlich, zählte im stillen aber die Wagen, die ohne anzuhalten an ihrem kleinen Verkaufsstand vorbeifuhren.

Er kam bis sechzehn. Der siebzehnte Wagen hatte sie schon passiert, bremste dann aber ab, hielt und fuhr zu ihnen zurück. Ein kahlköpfiger Mann stieg aus.

„Sind das wirklich frische Landeier?" fragte er freundlich.

„Frisch aus dem Hühnerstall, Sir", versicherte Axel und klappte die braunen Eierkartons auf, die Jeff ihrer Mutter vor Tagen gebracht hatte. „Prächtige braune Eier von glücklichen Hühnern!"

Der Mann lachte und zückte sein Portemonnaie. „Also, dann nehme ich ein Dutzend." Er legte einen Dollarschein und eine Zehn-Cent-Münze auf den Tisch, nickte ihnen zu und ging zu seinem Wagen zurück.

2 9656-8

„Na, was habe ich gesagt!" Axel strahlte über das ganze Gesicht.

„Warum ist das mir nicht eingefallen", brummte Dagmar mit einem Anflug von Neid in der Stimme. In Gedanken überschlug sie schnell, daß ihr Bruder mit dem Eierverkauf gut vierzig Dollar pro Monat einnehmen würde. Davon blieben ihm immerhin zwanzig Dollar, wenn er die Hälfte zu Hause ablieferte.

„Ich steck' das Geld nicht in meine eigene Tasche", versicherte Axel. „Das geht in unsere gemeinsame Kasse. Und wenn wir fünfzig Dollar zusammen haben, kaufen wir Jeff den alten Außenbordmotor ab."

Dagmars Gesicht hellte sich sofort auf. „Mensch, daran hatte ich gar nicht gedacht. Bruderherz, das war eine astreine Idee!"

Zehn Minuten später hielt ein schnittiger, roter Ford Mustang. Eine elegant gekleidete Dame stieg aus, und Axel sagte wieder seinen Verkaufsspruch auf.

„Mhm, aber ein bißchen teuer seid ihr schon, Kinder", sagte sie mit einem wohlwollenden Schmunzeln.

„Ich mache Ihnen einen Sonderpreis, Madam! Das Dutzend für nur einen Dollar", bot Axel an.

Sie lachte. „Nein, ist schon gut. Es sind wirklich schöne dicke Eier. Ich nehme gleich zwei Dutzend. Meine Tochter wird auch welche wollen." Sie gab ihnen zwei Dollar zwanzig. „Wie oft verkauft ihr denn eure frischen Landeier?" wollte sie dann wissen.

Axel überlegte nicht lange. „Jeden Freitag und Montag um neun!"

„Schön. Das werde ich mir merken." Sie wünschte ihnen noch einen guten Tag, stieg in ihren Sportwagen und fuhr weiter.

„Sag mal, wieso bist du gerade auf Montag und Freitag gekommen?" fragte Dagmar verwundert, während sie Tisch und Stühle zusammenklappten.

„Ist doch klar", antwortete ihr Bruder. „Vor und nach einem Wochenende kaufen die meisten Leute ein. Und wer dann Eier braucht, wird sie bei uns bekommen. Vielleicht sollten wir uns noch mehr Hühner anschaffen."

Dagmar lachte. „Nun werd' mal nicht größenwahnsinnig! Seien wir froh, daß wir die drei Dutzend so schnell losgeworden sind. Oder möchtest du gern bei der Hitze stundenlang an der Straße hocken?"

„Das nicht, aber dann hätten wir das Geld für den Außenborder dreimal so schnell zusammen", sagte Axel.

„Na und? Wir haben ihn doch so oder so. Ob nun geliehen oder als Eigentum." Sie nahm den Tisch in die andere Hand. „Das nächstemal schleppen wir den blöden Tisch nicht mit. Da hebt man sich ja einen Ast!"

Freudestrahlend berichteten sie dann den Eltern von ihrem erfolgreichen Eierverkauf, und Dagmar war fair genug, ihrem Bruder die Lorbeeren für seinen genialen Einfall zu lassen. Die Eltern freuten sich mit ihnen.

„Na, dann haben wir ja eine kleine Sorge weniger", meinte ihre Mutter.

Axel holte sich ein leeres Marmeladenglas. Das war von nun an ihre Eierkasse. Er ließ die Münzen hineinfallen. Es waren genau ein Dollar und fünfundsechzig Cent. Sie mußten also noch eine Menge Eier verkaufen, um fünfzig Dollar in der Kasse zu haben...

Er rechnete im Kopf aus, wie viele Eier das waren – eintausendundachtzig. Hatte er sich nicht verrechnet? Nein, es stimmte. Tausendundachtzig Eier mußten sie noch verkaufen! Er starrte auf das große Marmeladenglas, dessen Boden von den paar Münzen noch nicht einmal bedeckt war, und wünschte auf einmal, er hätte sich nicht gleich ein so hohes Ziel gesetzt. Tausendachtzig Eier! Das würde ja endlos dauern...

Dagmars freudige Stimme riß ihn aus seiner beinahe entmutigenden Berechnung. „Terry und Steve sind da!“

Lagerfeuer am Schwarzwasser-Fluß

Die Spencer-Geschwister schwangen sich von ihren Fahrrädern und hatten erst einmal alle Hände voll zu tun, Ben und Jenny zu begrüßen. Die Hunde sprangen freudig bellend an ihnen hoch, rollten sich zu ihren Füßen und ließen sich nur zu gerne kraulen.

„Wenn die beiden Junge haben, möchte ich unbedingt eines", sagte Terry. Sie war schwarzhaarig und mit vierzehn ein knappes Jahr jünger als ihr Bruder Steve.

„Das wird noch ein Weilchen dauern", sagte Dagmar und freute sich, daß ihre Freunde schon so früh gekommen waren. Daß sie Steve und Terry kennengelernt hatten, verdankten sie ihrer ersten Floßfahrt, die fast einen unglücklichen Ausgang genommen hätte.

Axel kam aus dem Haus. „Habt ihr eure Angelsachen mitgebracht?“ fragte er.

Terry und Steve schauten sich betreten an.

„Ich wußte doch, daß wir was vergessen haben!“ Ärgerlich stampfte Terry mit dem Fuß auf.

„Halb so schlimm“, beruhigte Axel sie. „Wir haben fünf selbstgeschnitzte Angelruten im Keller und jede Menge Haken und Leine.“

„Habt ihr schon Würmer aus der Erde gebuddelt?“ fragte Steve.

„Noch nicht“, antwortete Dagmar.

„Okay, Axel und ich graben nach Würmern, während ihr schon mal alles andere aufs Floß bringen könnt“, schlug Steve vor.

Die beiden Jungen holten sich eine leere Blechdose und zwei kleine Gartenschaufeln und gruben am Waldrand nach Würmern. Ben und Jenny sahen ihnen dabei interessiert zu und wollten unbedingt mit den langen Würmern spielen. Jenny bekam einen besonders dicken Wurm zu fassen und warf ihn in die Luft. Er landete auf Bens Rücken, der erschrocken zusammenfuhr, sich schüttelte und den Wurm anknurrte.

Axel lachte. „Nichts da, Jenny!“ sagte er, als Ben ihn mißtrauisch beschnupperte und Jenny ihn sich wieder holen wollte, um ihr Spiel fortzusetzen. „Der Wurm kommt in die Dose, und da bleibt er auch.“

Jenny warf einen bedauernden Blick auf die Blechdose und begann dann ein paar Schritte entfernt ein Loch zu buddeln.

Terry und Dagmar hatten indessen die Angeln, den Angelkasten und die Kühltasche mit ein paar Dosen Limo auf das Floß gebracht.

„Ich glaube, das reicht", sagte Axel, als sie fast zwei Dutzend Würmer in der Dose hatten.

„Dann nichts wie los!"

Das aus zwanzig Stämmen bestehende Floß war gerade groß genug für die vier Kinder und die beiden Hunde, die unbedingt mitwollten.

„Eine größere Welle, und wir sind patschnaß", meinte Dagmar, als sie sich vorsichtig zu Terry in die Mitte des Floßes setzte.

„Der See ist heute so glatt wie ein Spiegel", beruhigte Steve sie und hockte sich auch hin. „Außerdem haben wir ja unsere Badesachen an. Ich sage euch, es wird ganz schön heiß werden."

„Warum fahren wir nicht mal den Blackwater River aufwärts?" schlug Terry vor. „Dort haben wir ab und zu ein bißchen Schatten."

„Und wie sieht es da mit Fischen aus?" fragte Axel.

„Gut. Unser Dad geht dort immer fischen", sagte Steve.

„Okay, versuchen wir unser Glück!" Axel startete den kleinen Außenbordmotor, den Jeff ihnen am Heck des Floßes an einer besonderen Halterung angeschraubt hatte. Langsam setzte sich *Robinson,* wie Axel und Dagmar ihr Floß getauft hatten, in Bewegung.

Sie umrundeten die Halbinsel, und dann lag der See vor ihnen. Das andere Ufer war gar nicht zu sehen, so groß war der Bibersee, der zahlreiche Seitenarme und mehrere Zuflüsse hatte. In der Ferne zeichneten sich die Bergzüge der Blue Mountains ab. Die dichtbewaldeten Hänge der blauen Berge schimmerten tatsächlich in einem ungewöhnlichen blaugrauen Farbton.

Steve wies Axel den Weg zum Schwarzwasser-Fluß, der an einer felsigen Stelle in den Bibersee mündete. Zum

Glück floß der Blackwater River träge dahin, sonst hätten sie mit ihrem kleinen Außenborder keine Chance gehabt, flußaufwärts zu tuckern.

„Versuchen wir es doch mal hier", sagte Dagmar, als sie in eine kleine, idyllische Bucht kamen, die der Fluß in einer weiten Biegung geformt hatte.

Terry warf den „Anker" aus, der aus einem großen, seilumwickelten Stein bestand. Er klatschte ins Wasser, und sie bereiteten nun die Angeln vor.

„Du, bei mir nippelt ein Fisch am Haken!" rief Axel aufgeregt, kaum daß er seine Angel ausgeworfen hatte.

Steve grinste. „Hab' doch gesagt, daß hier Fische sind! Halt die Angel ganz ruhig. Und erst wenn du spürst, daß der Fisch den Köder genommen hat, ziehst du die Angel mit einem Ruck an. Wenn du zu früh ziehst, verlierst du den Fisch."

Axel bemühte sich redlich, seine Aufregung und Ungeduld zu zügeln. Doch er verlor drei Würmer nacheinander. Dagmar, Terry und Steve erging es allerdings ebenso.

„Hol den Anker wieder ein!" rief Steve schließlich. „Wir versuchen unser Glück woanders."

„Aber wieso denn? Hier sind doch jede Menge Fische!" wandte Axel ein, der wie seine Schwester nicht viel vom Angeln verstand.

„Ja, aber nur ganz kleine. Wenn ein größerer Fisch darunter gewesen wäre, hätten wir ihn schon längst am Haken gehabt", erklärte Steve. „Die kleinen Fische fressen uns bloß die Köder ab."

Sie fuhren also weiter flußaufwärts. Wenn es nach Dagmar gegangen wäre, hätten sie nur so friedlich dahintuckern können, ohne noch einmal die Angeln auszuwerfen. Sie hatte Ben an ihrer Seite. Die Sonne lachte heiß vom

Himmel, und ein herrlicher Duft lag über dem Fluß. Schmetterlinge tanzten über dem Wasser, und ein weißgefiederter Fischreiher stand auf einer Sandbank nahe am Ufer und hielt nach Beute Ausschau. Bis auf die vielfältigen Geräusche der Natur war es still und friedlich zu beiden Seiten des Flusses. Man konnte den Eindruck gewinnen, als wäre noch kein Mensch vor ihnen in diese Wildnis eingedrungen – ein Gedanke, der Dagmar gefiel. Und das Floß, das sich gemächlich vorwärts schob, verstärkte die Illusion einer Entdeckungsfahrt.

Steve fand zwanzig Minuten später eine Stelle, die ihm vielversprechend erschien. Der Fluß war an dieser Stelle besonders breit. Wald reichte zu beiden Seiten unmittelbar bis ans Wasser, eine etwa sechzig Meter breite Stelle am Westufer ausgenommen. Dort war das Ufer flach und bildete einen kleinen Strand aus Kieseln. Dahinter ragte eine felsige, steile Wand gut zehn Meter auf.

„Seht mal, ein richtiger kleiner Strand!" rief Dagmar begeistert. „Ihr könnt mich dort absetzen. Ich bin nicht so wild aufs Angeln. Ich leg' mich in die Sonne."

„Ich auch", sagte Terry.

„Sonnen kannst du dich auch zu Hause", brummte Axel.

„Aber hier ist es besonders schön", sagte Dagmar. „Vielleicht finden wir auch ein paar besonders schön gemaserte Kiesel."

„Wie ihr wollt", sagte Steve achselzuckend. „Ich jedenfalls will noch etwas fischen."

Axel lenkte das Floß ans Ufer, klappte den Außenborder hoch, als sie in flaches Wasser kamen, und setzte Dagmar und Terry ab. Ben und Jenny sprangen ebenfalls freudig an Land. Sie waren froh, daß sie wieder herumlaufen konnten.

Steve und Axel brachten das Floß ein Stück weiter flußaufwärts, warfen den Anker aus und versuchten erneut ihr Anglerglück.

„Ich hab' einen! Es hat einer angebissen!" schrie Axel zwanzig Minuten später aufgeregt, als sich seine Angelrute wie ein Bogen krümmte.

„Hol ihn rein!"

Hastig zog Axel die Leine ein. Ein prächtiger Fisch zappelte am Haken. Er war gut und gern seine anderthalb Pfund schwer. „Kann man den essen?"

Steve lachte. „Und ob man den essen kann! Mein Daddy bringt solche häufig nach Hause. Mensch, wenn wir noch zwei, drei andere fangen, können wir sie gleich hier über dem Feuer grillen."

„Aber die müssen doch erst ausgenommen und entschuppt werden."

„Das mach' ich schon. Ich weiß, wie das geht. Bin oft genug mit meinem Daddy zum Fischen rausgefahren."

In der nächsten Stunde holten sie noch sechs weitere Fische heraus. Zwei warfen sie gleich wieder hinein, weil sie zu klein waren. Doch die anderen vier hatten die richtige Größe.

„Das reicht für uns", sagte Steve und nahm die Fische noch auf dem Floß aus. Bewundernd sah Axel zu, wie geschickt er das machte. Beim Entschuppen half er ihm.

Dagmar und Terry machten große Augen, als sie zu ihnen zurückkehrten und die fünf Fische vorzeigten.

„Wir brutzeln sie gleich hier über einem Feuer", sagte Steve, der so etwas nicht zum erstenmal machte. Sie sammelten Feuerholz. Steve steckte rechts und links von der Feuerstelle zwei armlange Zweige mit Astgabeln in den Boden und schnitzte einen fingerdicken Birkenzweig zurecht, auf den er die Fische spießte.

Sie zündeten das trockene Feuerholz an. „Nicht zuviel Holz auf einmal, sonst schlagen die Flammen zu hoch und verbrennen unsere Fische", sagte Steve.

Die vier hockten sich um das Feuer und wechselten sich beim Drehen des Fischspießes ab. Es duftete bald schon nach frischem Bratfisch. Ben und Jenny starrten genauso fasziniert wie die vier Freunde auf die Fische, die über dem Feuer bräunten. Wenn Fett in das Feuer tropfte, zischte es leise.

„Ich glaube, unser Mittagessen ist fertig!" verkündete Steve zwanzig Minuten später, nachdem er mit seinem Taschenmesser vorsichtig in einen der dicken Fische gestochen hatte.

Axel nahm den Spieß aus den Astgabeln und legte ihn auf einen großen, flachen Stein, den er mit Steves Hilfe angeschleppt und mit Flußwasser abgewaschen hatte.

Dagmar holte kalte Limonade aus der Kühltasche, und hungrig machten sie sich über die Bratfische her. Steve und Terry zeigten ihnen, wie man das Fleisch abtrennte und die Gräten entfernte.

„Mmm, das schmeckt ja richtig toll!" sagte Dagmar nach dem ersten Bissen.

Steve lachte. „Es geht eben nichts über frischen, selbstgefangenen Fisch!"

Ben und Jenny bekamen natürlich auch einige Happen ab. Am liebsten hätten sie sich auf die Reste gestürzt und sie heruntergeschlungen.

„Nein, das könnt ihr nicht haben! Da sind zu viele Gräten dran", sagte Dagmar bedauernd und warf die Skelette ins Feuer. „Sie würden euch in der Kehle steckenbleiben oder euren Magen durchbohren."

Die fünf Fische reichten völlig aus, um ihren Hunger zu stillen. Dagmar und Axel hätten schwören können, daß dies das beste Essen war, das sie jemals gehabt hatten. Sie waren wunschlos glücklich. Dagmar verstand gar nicht mehr, daß sie einmal bittere Tränen geweint hatte, weil ihre Eltern die Farm an diesem abgelegenen See gekauft und sie aus Frankfurt hierher „verschleppt" hatten. Wie todunglücklich war sie damals gewesen! Und jetzt konnte sie sich ein schöneres Leben gar nicht mehr vorstellen.

Axel leckte sich die Finger ab und wandte sich an seine Schwester. „Du, ich hab' vorhin mit Steve über den alten Truck gesprochen, diesen Kleinlaster, der bei uns in der Scheune steht. Er meinte, wir sollten doch mal gucken, ob der nicht zu reparieren ist."

Dagmar runzelte die Stirn. „Aber der Motor ist doch bestimmt schrottreif."

„Woher willst du das wissen?" fragte Terry.

„Genau", stimmte Axel ihr zu. „Wir können doch Jeff fragen, ob er sich den Truck mal ansehen möchte."

Dagmar überlegte. So ein kleiner Transporter wäre schon eine tolle Sache. „Klar, warum nicht", sagte sie. „Am besten reden wir erst mal mit Paps. Er könnte so einen Truck bestimmt gut gebrauchen, schon für all das Baumaterial."

„Und wenn du sechzehn bist, kannst du ihn selbst fahren", sagte Steve.

„Mit sechzehn bekommt man hier den Führerschein?" fragte Axel erstaunt.

Steve nickte. „Ja, und die paar Fahrstunden, die man braucht, bekommt man in der Schule. Jeder hat hier mit sechzehn seinen Führerschein. Er kostet auch nur ein paar Dollar."

„Mensch, das wäre ein Ding!“ Dagmars Augen leuchteten. Wenn sie das ihren Freundinnen in Deutschland schrieb, würden die ganz blaß vor Neid werden!

Sie löschten das Feuer, badeten im Fluß und fuhren dann wieder zur Farm zurück.

„Sagt mal, wann wollt ihr eure Kätzchen abholen?“ fragte Terry, als die Halbinsel in Sicht kam. Steve und Terrys Katze namens Tiger hatte vor zwei Monaten Junge bekommen. Zwei davon waren Dagmar und Axel versprochen worden. Sie hatten sie in den letzten Wochen häufig besucht und es gar nicht abwarten können, sie auf die Farm zu holen. Die Eltern hatten auch schon ihre Zustimmung gegeben.

„Sind sie jetzt alt genug, daß wir sie haben können?“ fragte Axel.

„Klar“, sagte Terry. „Sie trinken schon Milch aus der Schale und fressen Katzenfutter. Wann wollt ihr sie abholen?“

„Gleich morgen früh!“

Katzentheater

„Wann fahren wir?“ fragte Axel am nächsten Morgen, kaum daß er sich an den Frühstückstisch gesetzt hatte.

„Wenn wir gefrühstückt haben!“ antwortete seine Mutter.

Axel und Dagmar schlangen jeweils eine Scheibe Toast hinunter und begnügten sich mit einer Tasse Kakao.

„Bist du fertig, Mutti?“ drängte Dagmar dann.

„Himmelherrgott, darf ich vielleicht noch meinen Kaffee trinken, bevor ich für euch den Chauffeur spiele?“ fragte Helga Hellwig gereizt zurück.

„Klar doch, Mutti“, sagte Dagmar begütigend.

Rolf Hellwig beobachtete schmunzelnd, wie seine Kinder voller Ungeduld auf den Stühlen hin und her rutschten. „Ihr seid in zehn Minuten bei den Spencers, Kinder. Jetzt habt ihr wochenlang gewartet, da werden doch ein paar

Minuten den Braten nicht mehr fett machen."

„Nee, machen sie auch nicht", sagte Axel. Doch sein Gesichtsausdruck strafte seine Worte Lügen.

Frau Hellwig stellte ihre Tasse ab und seufzte. „Also gut, fahren wir los. Vorher gebt ihr ja doch keine Ruhe."

Axel und Dagmar sprangen auf.

„Die Hunde bleiben aber hier!" bestimmte Helga Hellwig. „Ich möchte nicht, daß es auf der Rückfahrt eine wilde Rauferei im Wagen gibt."

Die Geschwister holten den Wäschekorb mit der weichen Decke und stiegen zu ihrer Mutter in den alten Lincoln. Ihr Vater war stolz auf den neun Jahre alten Straßenkreuzer, weil er ihn so günstig erstanden zu haben meinte. Daß dieser Dampfer auf Rädern so viele Macken hatte wie ein Straßenhund Flöhe, das übersah er gern.

Terry und Steve warteten schon auf sie. Während Frau Hellwig sich mit Mister Spencer unterhielt, liefen die vier Freunde in den ausgebauten Hobbykeller hinunter. Axel trug den Wäschekorb.

Tiger, die grau-schwarz tigergestreifte Mutter der sechs Jungen, lag vor der alten ausrangierten Couch und wollte offensichtlich schlafen. Doch ihre Katzenkinder dachten gar nicht daran, sie in Ruhe zu lassen. Sie wollten spielen, und so sprangen sie ausgelassen um ihre Mutter herum, zerrten an ihrem Schwanz und gaben einfach keine Ruhe.

Schließlich wurde es Tiger zuviel. Sie sprang auf, verteilte blitzschnell links und rechts ein paar Hiebe und verschwand durch die kleine Katzenklappe nach draußen.

Terry lachte. „Manchmal geht Tiger ganz schön rauh mit ihren Kleinen um. Aber sie sind ja auch wirklich anstrengend. Das werdet ihr bald selber erfahren."

„Ach, das macht uns gar nichts", versicherte Axel mit

einem strahlenden, glücklichen Lächeln und kniete sich zu den Kätzchen hinunter. Sie waren kaum zehn Wochen alt und sahen so putzig aus. Vier von ihnen hatten das gestreifte Fell ihrer Mutter. Doch zwei waren völlig aus der Art geschlagen, und diese beiden hatten sie sich ausgesucht. Eines war pechschwarz. Wie blauschwarze Seide glänzte das Fell und unterstrich damit noch das Funkeln der aufgeweckten Augen. Wenn es das kleine, rote Mäulchen mit den winzigen Zähnen aufriß und die Zunge beim Gähnen rollte, dann sah das wie ein kleiner Feuerschlund in einem Kohlenkeller aus. Und weil es so schwarz wie die Nacht war, hatten Dagmar und Axel ihr den Namen Midnight gegeben – Mitternacht.

Das andere Kätzchen, ein kleiner Kater, besaß ein prächtiges rotbraunes Fell, das an vielen Stellen ein cremiges Weiß zeigte. Ihn hatten sie auf den Namen Bodo getauft.

„Am liebsten würde ich alle mitnehmen“, sagte Dagmar liebevoll.

„Platz genug hätten wir für sie auf der Farm“, stimmte Axel seiner Schwester zu. Doch sie wußten beide, daß die anderen Kätzchen schon vergeben waren.

„Seid ihr soweit?“ drang die Stimme ihrer Mutter zu ihnen in den Kellerraum.

„Ja, wir sind schon auf dem Weg!“ rief Dagmar zurück.

Sie setzten Bodo und Midnight in den Wäschekorb und hatten alle Hände voll zu tun, sie dort drin zu halten. „Kommt ihr mit zu uns?“ fragte Axel die Spencer-Geschwister, als sie die Treppe hinaufgingen.

„Geht heute leider nicht. Wir haben ein paar kleine Ferienjobs angenommen“, sagte Terry.

Dagmar furchte die Stirn. „Was für Ferienjobs?“

„Na, bei den Nachbarn Rasen mähen, beim Holzmachen mit anpacken und ab und zu mal auf der Farm meines Onkels aushelfen“, erklärte Steve. „Das gibt immer nur ein paar Dollar, aber viel Kleinvieh macht auf die Dauer auch ’ne ganz schöne Menge Mist.“ Er grinste.

„Okay, dann sehen wir uns morgen“, sagte Dagmar.

Sie trugen den Korb zum Wagen. Als ihre Mutter die beiden Kätzchen sah, war sie gleichfalls auf den ersten Blick in sie verliebt. Sie streichelte sie zärtlich. Bodo umklammerte ihren Zeigefinger mit seinen kleinen Pfoten und leckte ihn.

„Himmel, du hast ja eine Zunge wie ein Reibeisen“, sagte sie lachend.

„Sind sie nicht süß?“ fragte Dagmar überflüssigerweise.

„Ganz goldig, ja“, antwortete ihre Mutter. „Wir müssen jetzt bloß noch dafür sorgen, daß Ben und Jenny sie genauso niedlich finden wie wir…, was aber gar nicht so leicht sein wird. Eigentlich vertragen sich Hunde und Katzen nicht gut miteinander.“

„Ben und Jenny sind nicht irgendwelche Hunde“, sagte Axel fast empört.

„Es wird schon alles gutgehen!“ meinte Dagmar.

Als sie auf der Farm ankamen und den Wäschekorb mit den Katzen über die Wiese um das Haus herumtrugen, veranstalteten Ben und Jenny einen Heidenspektakel. Sie sprangen aufgeregt um sie herum und bellten sich die Seele aus dem Leib. Was immer da im Korb krabbelte, fauchte und so gar nicht nach Hund roch – sie wollten es nicht auf „ihrer“ Farm haben!

„Sollten wir Ben und Jenny nicht besser draußen lassen?“ fragte Dagmar, als sie den Korb auf die hintere, mit festem Moskitodraht eingefaßte Veranda brachten.

3 9656-8

Helga Hellwig schüttelte den Kopf. „Dann werden sie noch eifersüchtiger und feindseliger. Nein, sie müssen lernen, daß die Kätzchen zu uns gehören und daß wir sie dennoch genauso liebhaben wie vorher."

„Hört auf mit dem Gebell!" wies Axel Ben und Jenny zurecht, als sie den Korb abgesetzt hatten. Er legte einen Arm um Jennys Hals, drückte sie liebevoll an sich und kraulte ihre Brust. Beruhigend redete er auf sie ein: „Das sind kleine Katzenbabys, und so ein großes Mädchen wie du wird doch Babys nicht anbellen, he? Schau mal, der kleine Dicke da mit dem rotbraunen Fell ist Bodo, ein Kater. Und das schwarze Kätzchen ist Midnight. Ihr dürft sie nicht erschrecken, Jenny! Sie wollen doch nur mit euch spielen. Ganz sicher werdet ihr alle gute Freunde werden."

Dagmar machte es wie ihr Bruder. Sie hockte bei ihrem Ben und sprach genauso besänftigend auf ihn ein. Ben legte sich schließlich mit ausgestreckten, zusammengelegten Vorderpfoten hin. Doch seine halb aufgerichteten Schlappohren und das Flattern seiner Nasenflügel verrieten, wie angespannt und aufmerksam er war. Wie ein Raubtier vor dem Sprung.

Bodo balancierte auf dem Rand des Wäschekorbes und schlug mit seinen Vorderpfoten spielerisch durch die Luft. Dabei verlor er das Gleichgewicht und plumpste vor Ben auf den Verandaboden.

Ben wollte diese Gelegenheit sogleich beim Schopfe packen, um diesem merkwürdigen Wicht zu zeigen, daß er hier auf der Farm unerwünscht war und sich zu trollen hatte. Er sprang wie vom Katapult geschossen vor.

„Ben!" schrie Dagmar.

Doch Ben hörte nicht auf sein Frauchen. Das hier war eine Angelegenheit unter Vierbeinern, und er würde gleich klarstellen, wer auf der Farm unter den Vierbeinern das Sagen hatte!

Er stürzte sich auf Bodo. Zumindest hatte er das vor. Doch bevor er dem Kätzchen noch etwas antun konnte, versetzte Bodo ihm mit seiner Pfote einen schmerzhaften Hieb auf die Nase. Fauchend und mit gekrümmtem Rücken stand Bodo vor ihm.

Ben jaulte vor Schreck und Schmerz auf und zuckte zurück. Verdattert hockte er sich hin und fuhr sich mit der Zunge über seine schmerzende Schnauze. Er konnte nicht glauben, was geschehen war. Doch die Kratzer auf seiner Nase waren echt. Völlig aus dem Gleichgewicht gebracht, saß Ben drei Schritte vor dem Korb. Vorwurfsvoll blickte er zu seinem Frauchen hoch, das ihn zu trösten versuchte und ihm die Brust kraulte.

„Das kommt davon, wenn man so vorwitzig ist, Benny“, sagte Dagmar. „Es war auch wirklich nicht nett, ihn einfach so anzuspringen. Ihr müßt euch vertragen, und je eher ihr damit anfangt, desto besser ist es für euch alle.“

Ben gab ein leises, grimmiges Knurren von sich, machte jedoch keine weiteren Anstalten, sich noch einmal diesem rotbraunen Wicht zu nähern, der so blitzschnell mit seiner Pfote zuschlagen konnte. Die Pfote war zwar lächerlich klein, aber die Krallen hatten es in sich! Davon konnte er ein Lied singen. Außerdem: Warum sollte er allein hier für Ordnung sorgen? Jenny war ja auch noch da. Sollte sie doch diesen merkwürdigen Geschöpfen den nötigen Respekt beibringen! Er würde diese Winzlinge erst einmal aus sicherer Entfernung beobachten. Es mußte ja nichts überstürzt werden...

Midnight krabbelte nun ebenfalls über den Rand des Korbes, sprang zu Bodo herunter und sah sich neugierig, aber auch wachsam um.

Jenny dachte gar nicht daran, es Ben nachzumachen und sich geradewegs auf diese ungebetenen Besucher zu stürzen. Sie hatte mitbekommen, daß derartige Feindseligkeiten nichts als Ärger brachten. Sie kam zu dem Entschluß, daß es unter diesen Umständen wohl nichts schaden könne, wenn sie die beiden erst einmal richtig beschnüffelte.

Vorsichtig näherte sie sich den Katzen, die sofort einen Buckel machten. Doch sie ließen es zu, daß Jenny sie beschnüffelte.

Ben grummelte vor sich hin. Daß Jenny ihm in den Rücken fiel und sich bei ihnen einschmeichelte, gefiel ihm gar nicht. Aber was sollte er tun? Sein Frauchen ermahnte ihn ständig, ein guter Ben zu sein. Also würde er großzügig sein und diesen Kleinen gnädigerweise auf „seiner" Farm ein Aufenthaltsrecht gewähren.

Bodo und Midnight beruhigten sich allmählich. Als Jenny Midnight über den Kopf leckte, machte das Kätzchen einen richtigen Purzelbaum. Doch es spürte, daß Jenny ihr nichts antun wollte. Fröhlich sprang es wieder auf.

Ben wollte nun auch nicht länger zurückstehen. Wenn Jenny sie beschnüffelte, dann stand ihm ja wohl dasselbe Recht zu. Immerhin war er schon über die Farm am Bibersee gestrolcht, als sie noch gar nicht geboren war! Er war also hier der Herr der Tierwelt!

Bodo und Midnight waren jedoch anderer Meinung. Als Ben sich ihnen näherte, fauchten sie ihn an, und sofort machte er einen Rückzieher.

Die Hellwigs lachten.

„Ben, ich glaube, du hast dich erst einmal unbeliebt

gemacht!“ sagte Rolf Hellwig.

„Ach, sie werden sich schon anfreunden“, meinte Dagmar im Brustton der Überzeugung.

„Ja, aber das kann noch etwas dauern“, sagte ihre Mutter. „Laßt sie vorerst nicht aus den Augen, bis ihr sicher seid, daß sie sich gegenseitig akzeptiert haben.“

„Komm, wir spielen draußen im Freien mit ihnen“, schlug Axel vor. Sie trugen Bodo und Midnight von der Terrasse und setzten sic ins Gras.

Dieser Tag wurde für Axel und Dagmar der anstrengendste, den sie bisher erlebt hatten. Für Bodo und Midnight war alles neu und aufregend. Wie Ben und Jenny, als diese klein waren, sprangen sie durch die Blumenbeete, umklammerten die Blumen und schüttelten sie hin und her. Bodo machte es ganz besonderen Spaß, die Blüten zu zerpflücken.

„Raus da!“ rief Dagmar und scheuchte sie aus den Beeten. „Wenn Mutti das sieht, gibt es Ärger!“

Bodo und Midnight sprangen fröhlich durch das Gras, spielten Fangen und rauften. Sie umklammerten sich und rollten dann wie eine pelzige Kugel über die Wiese. Dagmar und Axel lachten über diese putzigen Spiele und die Versuche der Kätzchen, bunte Schmetterlinge und Grashüpfer zu fangen.

Die Katzen hielten sie den ganzen Tag in Atem, denn sie mußten ständig in ihrer Nähe sein. Ben und Jenny folgten den beiden Neuankömmlingen nämlich auf Schritt und Tritt. Während Jenny versuchte, mit ihnen zu spielen, zeigte sich Ben noch immer ungnädig und gereizt. Daß sie ihm so eine Abfuhr erteilt hatten, schmerzte ihn sehr, und so trottete er den ganzen Tag mit gekrauster Stirn hin und her, als verstünde er die Welt nicht mehr.

Am Abend verwandelten Bodo und Midnight die Küche in einen Spielplatz. Sie turnten durch das Gestänge des Weinregals, probierten ihre scharfen Krallen am Teppich unter dem Küchentisch aus und jagten einem Wollknäuel hinterher, das Helga Hellwig schweren Herzens für diesen Zweck geopfert hatte.

Ben beobachtete ihre ausgelassenen Spiele mit unverhohlener Mißbilligung, als wollte er sagen: „Lächerlicher Kinderkram!" Er blieb jedoch ruhig vor Dagmars Füßen liegen. Jenny dagegen beteiligte sich an der Jagd nach dem Wollball, aus dem sie bald ein Dutzend Fäden herausgezerrt hatten.

Ben revanchierte sich wenig später auf seine Art, indem er auf die Veranda zum Napf der Katzen schlich und ihnen die Milch wegschleckte.

Als es Zeit war, ins Bett zu gehen, sagte Rolf Hellwig: „Wir lassen die Katzen am besten auf der hinteren Veranda. Dort können sie nicht weglaufen. Ben und Jenny müßt ihr auf eure Zimmer nehmen, bis wir wirklich sicher sind, daß sie ihnen nichts tun."

Ben und Jenny waren das nicht gewohnt. Seit es richtig heiß geworden war, schliefen sie auf der hinteren Veranda, wo es in den heißen Sommermonaten in Virginia angenehm kühl war. Dagegen waren die Zimmer von Axel und Dagmar im Obergeschoß von der Hitze des Tages reichlich aufgeheizt.

Ben und Jenny protestierten dagegen auf ihre Art. Sie jaulten und kratzten an den Türen, denn es war ihnen einfach zu warm hier oben. Am nächsten Morgen waren alle übermüdet.

„Dieses Gejaule und Gekratze nachts mache ich nicht länger mit!" sagte Rolf Hellwig.

„Aber was sollen wir denn machen?“ fragte Axel. „Wir können Ben und Jenny höchstens vorn auf der Veranda anbinden.“

„Nein, die Hunde brauchen Bewegung. Sie sind ihre Freiheit gewöhnt. Es wird Zeit, daß wir für die Hunde einen schönen, großen Zwinger mit einer gut isolierten Hundehütte bauen“, entschied ihr Vater. „Und wir fangen gleich heute morgen damit an.“

„Nieder mit der Wildnis!"

Hinter dem Farmhaus, zwischen dem Holzschuppen und der Scheune, stand eine Gruppe von etwa zwanzig Kiefern und einigen Walnußbäumen.

„Hier bauen wir den Hundezwinger!" entschied Rolf Hellwig, nachdem er mit Dagmar und Axel das Gelände auf der Suche nach einem geeigneten Platz abgegangen war.

„Hier?" fragte Dagmar ungläubig. Ihr Blick ging über das dichte, verfilzte Dickicht aus Dornbüschen und Geißblattsträuchern. „Aber das ist ja die reinste Wildnis, Paps! Durch dieses Gestrüpp kommt man ja nicht einmal mit einer Buschmachete!"

Ihr Vater lachte. „Wir werden eben so etwas wie Pionierarbeit leisten müssen."

„Können wir den Zwinger nicht an einer anderen Stelle bauen, wo nicht soviel Gestrüpp ist?" fragte Axel. „Da hinten auf dem Rasen vielleicht..."

Rolf Hellwig schüttelte den Kopf. „Nein, er kommt hier hin. Wir können einige Bäume als Zaunpfosten nehmen.

Bei der Hitze in den Sommermonaten werden Ben und Jenny sich bestimmt über einen schattigen Platz freuen. Außerdem müssen wir all das Gestrüpp auf unserer Farm früher oder später sowieso entfernen. Warum also nicht gleich damit anfangen?"

„Weil Terry und Steve nachher kommen wollen", sagte Dagmar.

„Sie können ja bleiben und mithelfen, wenn sie mögen", meinte ihr Vater. „Ihr wolltet unbedingt Hunde und Katzen haben, Kinder, und nun müßt ihr auch in den sauren Apfel beißen und mit anpacken. Tiere machen viel Freude – aber auch viel Arbeit."

Dagmar und Axel schauten sich betreten an. Daß sie einen schönen Hundezwinger für Ben und Jenny brauchten, sahen sie zwar ein, aber daß das mit so viel Arbeit verbunden sein würde, hatten sie nicht gedacht!

Axel verzog schließlich das Gesicht und zuckte mit den Schultern. „Okay, roden wir diese Ecke", brummte er und hoffte insgeheim, daß Terry und Steve ihnen wirklich tatkräftig zur Hand gehen würden.

„Aber womit?" wollte Dagmar wissen. „Mit Spaten und Blumenschere können wir diesem Gestrüpp ja wohl kaum zu Leibe rücken."

„Ich rufe Carlton an", sagte ihr Vater. „Ich weiß, daß er in seinem Schuppen Geräte zum Roden hat. Er leiht sie uns bestimmt gern."

Sie gingen zum Haus zurück. Bodo und Midnight, die ihnen genauso wie Ben und Jenny gefolgt waren, strichen um ihre Beine und schnurrten. Ben beobachtete ihr Treiben aus sicherem Abstand. Er wußte noch immer nicht, was er von den beiden halten sollte. Daß Jenny ihnen mehr Aufmerksamkeit schenkte als ihm und sie sogar abschlekken durfte, ohne einen Hieb auf die Schnauze zu bekommen, verstimmte ihn jedoch noch immer. Und er sann auf Abhilfe.

Ben trottete ums Haus, lief auf die vordere Veranda – und erblickte eine leere Coladose, die jemand auf das Geländer gestellt und vergessen hatte. Ben liebte Aluminiumdosen. Man konnte so herrlich mit ihnen spielen, sie mit der Schnauze vor sich durch das Gras rollen, sie in die Luft werfen, und schließlich, wenn man genug mit ihnen gespielt hatte, konnte man sie so zerkauen und zerfetzen, daß letztlich nur noch ein unförmiger Klumpen übrigblieb.

Er schnappte sich die Dose und trug sie zu Jenny und den Katzen hinter das Haus. Er tat so, als interessierte er sich überhaupt nicht für das, was die drei auf den Stufen der Terrasse trieben. Anscheinend völlig zufrieden damit, allein mit sich und seiner Dose zu sein, legte er sich ins Gras, die Dose zwischen den Vorderpfoten. Doch verstohlen linste er zu Jenny und ihren neuen Freunden hinüber.

Jenny kam sofort zu ihm gerannt, als sie die herrliche rotweiße Dose in seinen Pfoten erblickte. Sie versuchte ihm die Dose abzunehmen. Ben triumphierte innerlich, und sein langer buschiger Schwanz klopfte das Gras platt. Er sprang mit der Dose im Maul auf und machte zwei spielerische Sätze, denn er wollte ja nicht wirklich, daß Jenny ihn in Ruhe ließ.

Ben und Jenny rauften freundschaftlich um das blecherne Spielzeug. Schließlich überließ Ben ihr die Dose für einen Moment, und Jenny schleuderte sie in die Luft.

Midnight und Bodo waren indessen längst neugierig geworden, was das denn bloß war, das die Hunde in solch freudige Spiellaune versetzt hatte. Und als die Dose durch die Luft segelte und vor ihnen im Gras landete, schnellte Bodo vor, sprang auf die Dose und umklammerte sie mit seinen Pfoten. Er hatte jedoch soviel Schwung, daß er mitsamt der Dose einen Purzelbaum schlug. Midnight nutzte die Gelegenheit. Sie sprang vor und schlug mit beiden Vorderpfoten auf das runde Ding, das daraufhin einen merkwürdigen Laut von sich gab.

Ben kam langsam näher. Das war seine Dose! Hatten diese beiden kleinen Wichte denn überhaupt keinen Respekt? Nein, offenbar wußten sie wirklich nicht, was sich gehörte! Sie zeigten sich völlig unbeeindruckt. Vielleicht mußte man sie gewähren lassen? Und wer weiß, möglicherweise waren die beiden Kleinen gar nicht so übel, wie er zunächst gedacht hatte? Nur mitspielen lassen mußten sie ihn, dann würde er auch so gnädig sein und sie auf der Farm dulden!

Midnight rollte mit der Dose direkt vor Bens Füße. Als sie hochblickte, starrte sie in ein verblüfftes Hundegesicht. Doch diesmal bleckte er nicht das scharfe, furchteinflößende Gebiß, und er knurrte auch nicht, sondern leckte ihr fast zärtlich über den Kopf.

Davon war Midnight so überrascht, daß sie ihn weder anfauchte noch mit ihren scharfen Krallen nach ihm schlug. Einen Augenblick sahen sie sich an, und beide begriffen: Von nun an würden sie Freunde sein.

Rolf Hellwig hatte indessen mit Carlton telefoniert. Carlton war ihr nächster Nachbar und bewirtschaftete eine richtige Farm einige Kilometer oberhalb der Halbinsel an der Landstraße. Er war längst zu einem guten und vor allem verläßlichen Freund der Hellwigs geworden. Sogar Dagmar hatte ihn in ihr Herz geschlossen, nachdem sie ihn erst nicht hatte ausstehen können. Aber in den ersten Wochen hatte sie sich ja gegen alles und jeden gesträubt. Ja, sie war fest entschlossen gewesen, diese Farm und das Leben hier in der Natur Virginias auf keinen Fall zu lieben. Doch die Wirklichkeit war stärker und überzeugender gewesen als all ihre Vorurteile.

Zwanzig Minuten später rumpelte Carltons uralter Truck auf den Vorplatz der Farm. Auf der Ladefläche des Kleinlasters lagen eine Menge Gerätschaften. Ben und Jenny kamen sofort angerannt, als sie den laut röhrenden Motor hörten. Der Auspuff war schon seit Monaten kaputt. Als der Farmer ausstieg, sprangen sie an ihm hoch und begrüßten ihn freudig. Sie wußten, daß er ihnen jedesmal irgendein Leckerchen mitbrachte. Und er enttäuschte sie auch diesmal nicht.

„Hallo, ihr beiden Wilden!“ rief er, kraulte sie und zog dann eine kleine Tüte aus der Tasche. „Ihr wißt schon, daß es was Leckeres gibt, ja? Aber schön langsam!“

Unaufgefordert machten Jenny und Ben Männchen. Sie gaben ein herzerweichendes Bild ab, wie sie so einträchtig nebeneinander auf den Hinterbeinen saßen, die Vorderpfoten abgewinkelt vor der Brust und die Augen fest auf die Tüte in Carltons Hand gerichtet.

Carlton holte zwei dicke Wurstenden heraus und gab jedem eins. Gierig schlangen sie die Wurst hinunter. Sie bettelten nicht um mehr, wußten sie doch längst, daß der Farmer stets nur ein Leckerchen für sie hatte.

Der Farmer, seit sechs Jahren verwitwet, war zwar von kleiner, gedrungener Gestalt, aber dennoch ein kräftiger Mann. Sein schwarzes Haar trug er stets glatt nach hinten gekämmt. Das Gesicht sah aus wie ein Stück altes, gegerbtes Leder: braungebrannt und von zahllosen Furchen und Linien durchzogen. Er hatte buschige Brauen, unter denen helle, freundliche Augen lagen. Bis auf sonntags lief er ständig in den gleichen Sachen herum: verblichener, vielfach geflickter Overall, buntes Flanellhemd und derbe Gummistiefel. Wie viele Männer in den Südstaaten Amerikas, so kaute auch Carlton leidenschaftlich gern Kautabak. Fast immer hatte er in einer Backe einen Klumpen davon stecken. Und alle paar Minuten spuckte er treffsicher einen dunklen Strahl Tabaksaft aus.

„Hallo, Carlton!" riefen Dagmar und Axel. Ihre Eltern kamen nun auch aus dem Haus.

Carlton winkte ihnen zu und öffnete die Heckklappe seines Kleinlasters. „Ich habe mehrere Buschhacken, zwei große Heckenscheren und ein paar andere Gerätschaften mitgebracht, die ihr vielleicht brauchen könnt, Rolf", sagte er. „Ich zeige euch, wie man damit umgeht."

Sie trugen die Geräte hinter das Haus. Die Buschhacken erwiesen sich als äußerst wirkungsvoll. Sie hatten einen langen, festen Stiel wie eine Langaxt und an ihrem unteren Ende eine handbreite, armlange Klinge, die wie ein kleines L geformt war.

Carlton zeigte ihnen, wie man mit einer Buschhacke umging. Er schwang sie kraftvoll und durchtrennte mit der langen, schweren Schneide sogar die möhrendicken Stämme der Sträucher.

„Mensch, das ist ja ein irres Ding!" rief Axel. „Nieder mit der Wildnis!"

„Ja, aber auch gefährlich!" warnte Carlton. „Kommt euch beim Roden bloß nicht zu nahe, und paßt auf, daß ihr euch nicht selbst damit verletzt."

„Wir sind doch keine kleinen Kinder mehr!" antwortete Axel fast empört.

„Dennoch nehmt ihr besser die Heckenscheren", sagte ihr Vater.

Gemeinsam machten sie sich nun an die Arbeit, die verfilzte Wildnis zwischen den Bäumen zu roden. Carlton und Rolf Hellwig schwangen die Buschhacken, während Axel und Dagmar dem Gestrüpp mit den langen Heckenscheren zu Leibe rückten. Ihre Mutter zerrte das abgetrennte Buschwerk heraus und häufte es auf, um es später zu verbrennen.

Axel kam schnell ins Schwitzen. „Mann, das geht ja unheimlich in die Knochen!" stöhnte er leise.

„Mir fallen auch bald die Arme ab", murmelte Dagmar und fuhr sich über die schweißnasse Stirn.

Ben und Jenny lagen derweil im Schatten eines Baumes und schauten ihnen zu, wie sie sich abmühten. Ab und an wanderten sie zu dem immer größer werdenden Haufen aus Zweigen, Ästen und Wurzeln und zerrten Zweige heraus – mit Vorliebe solche, die ganz unten lagen...

Helga Hellwig mußte ihnen mehrfach mit einem Stock eins auf den Hintern geben, bevor sie begriffen, daß das verboten war.

Terry und Steve tauchten eine Stunde später auf.

„Na klar packen wir mit an", sagte Steve sofort, als Axel und Dagmar ihnen von der Rodungsaktion und dem Bau des Zwingers berichteten.

Es war wirklich harte, schweißtreibende Arbeit, vor allem das Ausgraben und Herausreißen der Wurzeln. Wie die Tentakeln eines tausendarmigen Tintenfisches durchzogen die Wurzeln den Boden. Aber da sie nun zu siebt waren und alle kräftig arbeiteten, kamen sie gut voran.

Gegen Mittag hatten sie schon mehr als die Hälfte geschafft, und am Abend war das Werk vollbracht: Das Gelände für den Zwinger und darum herum war von allem Gestrüpp und den wildwuchernden Büschen befreit.

Die Rodungsaktion hatte drei mehr als mannshohe Haufen ergeben, die nun nacheinander angezündet wurden und in Flammen aufgingen. Rolf Hellwig stand mit dem Wasserschlauch daneben. Gierig leckten die meterhohen Flammen in den Abendhimmel, und das flackernde Licht warf riesige tanzende Schatten auf die Bäume am gegenüberliegenden Waldrand, die bei Einbruch der Dämmerung zu einer dunklen, geheimnisvollen Wand zusammenzurücken schienen.

Am nächsten Tag holte Carlton mit seinem Truck die Holzpfosten und die hohen Maschendrahtrollen aus Rocky Mount.

„Wir könnten einen eigenen Truck gut gebrauchen", sagte Axel zu seinem Vater.

„Das stimmt", pflichtete seine Mutter ihm bei.

Rolf Hellwig nickte. „Ja, schon... Aber so ein Truck, auch wenn er gebraucht ist, kostet eine schöne Stange Geld. Und im Augenblick brauchen wir das Geld für andere Dinge."

„Aber wir haben doch hinten in der Scheune einen alten Truck stehen!" erinnerte Axel seinen Vater zum wiederholten Mal.

„Der läßt sich nicht mehr starten. Bestimmt ist an dem Wagen alles kaputt."

„Vielleicht müssen aber auch nur einige kleine Reparaturen gemacht werden", wandte Axel ein. „Reparaturen, die

Jeff ausführen kann. Warum versuchen wir es nicht mal, Paps? Jeff versteht doch soviel von Motoren und so."

Sein Vater schmunzelte. „Also gut, wenn wir Jeff das nächstemal sehen, werde ich ihn bitten, den alten Truck in unserer Scheune mal unter die Lupe zu nehmen."

„Es dauert bestimmt eine Stunde, bis Carlton zurück ist", sagte ihre Mutter. „Wir sollten schnell zum Supermarkt fahren."

Axel dachte gar nicht daran zu warten, bis sie Jeff das nächstemal sahen. Während seine Eltern in den Wagen stiegen, um einkaufen zu fahren, lief er ins Haus und rief ihn gleich an.

Jeff war sofort Feuer und Flamme, als Axel ihm von dem alten Kleinlaster erzählte. „Und ob ich mir die Kiste gern anschaue, Axel! Solche Oldtimer wieder zum Laufen zu bringen, ist eine meiner Lieblingsbeschäftigungen."

„Wann kannst du denn mal kommen?"

Jeff überlegte. „Du weißt, ich muß während der Ferien bei meinem Vater im Geschäft aushelfen. Aber sowie ich Zeit habe, komme ich und schaue mir den Truck an."

„Hoffentlich hast du bald Zeit." In diesem Moment hörte Axel seine Schwester aufgeregt vor dem Haus rufen. Vermutlich wies sie Ben oder Jenny zurecht.

Jeff lachte. „Du kannst es wohl nicht abwarten, was?"

„Nein", gestand Axel.

„Ich werde sehen, was sich machen läßt", versprach Jeff.

Axel legte auf. Als er nach draußen ging, stieß er fast mit Dagmar in der Tür zusammen. „Wo bleibst du denn?" fragte sie atemlos. „Du mußt mir helfen! Komm! Schnell!"

„He, was ist denn?"

„Bodo steht auf dem Dach des Holzschuppens und kommt nicht mehr herunter! Und ich weiß nicht, wie ich ihn holen soll…“

Sie liefen zum Holzschuppen.

Bodo war an dem Birnbaum hochgeklettert, der direkt neben dem windschiefen Schuppen stand. Über einen herabhängenden Ast war er auf das Dach gelangt. Doch jetzt konnte er nicht mehr zurück. Der Ast berührte nämlich die geteerten Wellbleche nicht, sondern hing einen guten halben Meter darüber. Kläglich miauend lief Bodo am Dachrand entlang und blickte zu Ben, Jenny und Midnight hinunter, die aufgeregt hin und her liefen und zu ihm hochschauten.

Axel stemmte die Hände in die Hüften. „Ja, das kommt davon, wenn man so vorwitzig ist, Bodo!“ rief er. „Warum mußt du denn auch gleich auf dem Birnbaum rumturnen?“

„Schimpf ihn nicht aus, tu lieber was!“ sagte Dagmar besorgt. „Du siehst doch, daß er sich zu Tode ängstigt! Wenn er von der Dachkante fällt…“

„Nun übertreib mal nicht!“ unterbrach Axel seine Schwester. „Katzen haben ein irres Gleichgewichtsgefühl. Und wenn sie fallen, fallen sie immer auf die Pfoten! Aber ich hole ihn schon runter.“

„Kletterst du auf den Baum?“

Axel warf einen prüfenden Blick auf den überhängenden Ast. Er war zwar stark genug, um eine Katze zu tragen, doch unter seinem Gewicht würde er bestimmt abbrechen. „Nein, wir müssen die Leiter holen. Das sind bestimmt drei Meter.“

Sie holten die ausziehbare Aluminiumleiter aus dem Keller, trugen sie zum Schuppen und lehnten sie an die Dachkante. Bodo wich erschrocken zurück.

Der Schuppen war zwar nicht allzu hoch, doch Axel vertraute den von Holzwürmern angenagten Stützpfosten

4 9656-8

genausowenig wie seine Schwester. Deshalb stieg er vorsichtig hoch. Von unten gesehen waren drei Meter nicht viel. Doch wenn man auf einer schmalen Leiter steht und hinunterblickt, werden drei Meter zu einer ganz hübschen Entfernung zwischen „Himmel und Erde". Axel hatte noch nie zuvor so hoch auf einer Leiter gestanden. Drei Meter! Er dachte unwillkürlich an das Dreimeterbrett im Schwimmbad in Frankfurt. Einmal war er bis zur Kante des Sprungbretts gegangen und hatte auf das Wasser hinuntergeblickt. Doch gesprungen war er nicht. Und hier hatte er im Notfall noch nicht einmal Wasser unter sich, sondern harte Erde.

„Beeil dich!" rief Dagmar ungeduldig.

„Willst du lieber auf die Leiter?" rief er ärgerlich zu ihr hinunter.

„Ich will nur, daß du Bodo so schnell wie möglich vom Dach holst!"

„Das will ich auch – aber ohne mir dabei die Knochen zu brechen, wenn du erlaubst!"

Axel glaubte, irgendwo Holz ächzen und knirschen zu hören. Vielleicht bildete er sich das auch nur ein, doch sein Herz schlug schneller. Er hatte ein flaues Gefühl im Magen, aber er ließ sich nichts anmerken. Dagmar sollte bloß nicht denken, er hätte Angst. Aber ein bißchen mulmig durfte einem ja wohl zumute sein, oder?

Er schaute nicht hinunter, als er die Dachkante endlich erreicht hatte. Jenny hatte aufmerksam zugesehen, wie er auf dem komischen silbrigen Ding hochgestiegen war. Sie fand das lustig und wollte es auch versuchen. Sie sprang gegen eine der unteren Sprossen. Die Leiter erzitterte unter ihrem Gewicht und rutschte vielleicht ein Handbreit an der Dachkante nach rechts.

Axel schrie erschrocken auf und umklammerte schnell einen der Fichtenstämme, die das Dach trugen. „Bist du wahnsinnig geworden?“ schrie er. „Willst du, daß ich von der Leiter kippe und mir die Knochen breche?“

„Ich war's nicht!“ verteidigte sich Dagmar. „Das war Jenny! Sie ist gegen die Leiter gesprungen.“

„Dann paß eben auf, daß Ben und Jenny von der Leiter wegbleiben!“ rief er ärgerlich. „Es ist ganz schön luftig hier oben. Kannst ja mal hochkommen, wenn du willst!“

„Tut mir leid“, sagte Dagmar kleinlaut. „Ich halte die Leiter jetzt fest.“

Axel brummte irgend etwas Unverständliches und streckte die Hand nach Bodo aus. Doch der Kater hockte mitten auf dem Dachfirst, gute zwei Meter von der Dachkante entfernt, und machte keine Anstalten, zu ihm zu kommen. „Sei ein liebes Kätzchen, Bodo, und komm her“, lockte er.

Vergeblich! Bodo blieb, wo er war, miaute aber immer noch, als wollte er sagen: Ich mach' nicht einen Schritt von hier! Komm mich holen!

„Mist!“

„Was ist?“

„Er will nicht! Er hockt mitten auf dem Dach und rührt sich nicht vom Fleck.“

„Kannst du nicht zu ihm hinkriechen?“ drang die Stimme seiner Schwester zu ihm hoch.

„Ich weiß nicht“, antwortete Axel zögernd und wünschte, sein Vater wäre nicht mit zum Einkaufen gefahren. „Wenn das Dach mich nun nicht trägt...“

„Versuch es doch mal!“

„Du hast gut reden“, knurrte Axel. Doch was blieb ihm anderes übrig? Er schluckte, gab sich einen Ruck und stieg noch zwei Sprossen höher. Dann wagte er sich auf das Dach. Ganz deutlich spürte er, wie sich das Wellblech unter seinem Gewicht nach innen bog. An vielen Stellen fehlte schon der schützende Anstrich, und es waren löchrige, rostige Flächen zu sehen.

Auf allen vieren bewegte er sich auf dem schrägen Dach vorwärts, und er rechnete jeden Augenblick damit, daß eine der Blechplatten plötzlich unter ihm nachgeben und er durch das Dach stürzen würde.

Bodo miaute eindringlicher denn je.

„Verdammt noch mal, jetzt komm schon her!“ rief Axel und griff nach dem kleinen Kater, als er endlich in dessen Reichweite gekommen war.

Bodo machte auf einmal einen Satz und landete auf Axels linker Schulter. Er krallte sich voller Angst in sein Hemd, und Axel spürte einen scharfen Schmerz auf der Haut.

Er verzog das Gesicht, drückte Bodo jedoch an sich und streichelte ihn beruhigend. „Ist ja schon gut, Bodo! Ist ja alles gut... Ich trag' dich runter. Aber du mußt schön brav sein und mir nicht den Hals zerkratzen.“ Dann kroch er rückwärts zur Leiter zurück.

„Hast du ihn?“

„Na klar hab' ich ihn!“ rief Axel zurück, berührte mit dem Fuß die Leiter und unterdrückte einen Stoßseufzer der Erleichterung, als er schließlich wieder auf der Leiter stand. Schnell stieg er die Sprossen hinunter. Kaum war er unten angelangt, als Bodo auch schon von seiner Schulter hüpfte und mit Midnight in den Gemüsegarten sprang, als wäre überhaupt nichts gewesen.

Dagmar strahlte ihren Bruder erleichtert an. „Das hast du ganz toll gemacht!“

Axel winkte mit einem schiefen Lächeln ab. „Werd' doch wohl noch eine Katze vom Schuppendach holen können“, sagte er leichthin und fühlte sich innerlich so stolz, als hätte er eine besonders harte Mutprobe bestanden. Richtig betrachtet, hatte er das ja auch.

Die Ausreißerin

Der Hundezwinger wurde am Abend des zweiten Tages fertig. Alle waren froh, als der letzte Pfosten in die Erde gerammt und der letzte Meter Maschendraht gespannt war. Rolf Hellwig zimmerte aus einem alten, mit Moskitodraht bespannten Rahmen eine Tür für den Zwinger.

„So, rein mit euch!“ rief Dagmar die Hunde, die ihr auch willig in den Zwinger folgten, während Axel ihre Wassernäpfe und die beiden Schüsseln mit dem Futter unter einen Baum stellte.

„Hier könnt ihr euch auch nachts nach Herzenslust austoben", sagte Dagmar mit einem leichten Bedauern, daß Ben nun nicht mehr bei ihr im Zimmer schlafen würde. Aber sie hatte eingesehen, daß es für die Hunde während der Sommermonate im Haus einfach zu warm war. Liebevoll drückte sie Ben an sich und kraulte auch Jenny, bevor sie mit Axel aus dem Zwinger ging und von außen den Haken vorlegte.

Ben und Jenny hockten verdattert innen vor der Tür. Allmählich dämmerte ihnen, daß sie hier zu bleiben hatten, während Bodo und Midnight draußen über die Wiese tobten und Fangen spielten. Und sie drückten ihren Ärger über diese Ungerechtigkeit durch lautes, anhaltendes Bellen aus. Dabei liefen sie an der Zaunfront, die parallel zur Rückseite des Farmhauses verlief, aufgeregt hin und her.

Widerstrebend gingen Axel und Dagmar ins Haus. Die Hunde bellten noch immer, als sie in der Küche beim Abendessen saßen und die beiden Kätzchen sich unter dem Tisch um eine Hühnerfeder stritten.

„Vielleicht denken sie jetzt, wir hätten sie verstoßen", sagte Dagmar. Und die Vorstellung, daß ihr geliebter Ben todunglücklich hinter dem Zaun hockte und sehnsüchtig auf das Licht im Küchenanbau blickte, verdarb ihr den Appetit.

„Und sie werden auf Bodo und Midnight eifersüchtig sein, weil die bei uns bleiben dürfen", fügte Axel hinzu, der sich genauso unwohl fühlte.

„Aber das ist doch Unsinn", sagte ihre Mutter lächelnd. „Es ist ihnen einfach nur ungewohnt. Sie haben im Zwinger viel Auslauf, und sie sind zusammen. Es ist ja nur für nachts oder wenn wir alle mal weg sind. Und daß ihr sie liebhabt, wissen sie doch!"

„Laßt sie nur bellen. Sie werden schon bald damit aufhören", beruhigte sie auch ihr Vater. „Die Nächte sind so warm, daß sie gern im Freien schlafen. Und morgen bauen wir ihnen eine schöne, geräumige Hundehütte, wo sie reingehen können, wenn es mal regnet. Ihr werdet sehen, Ben und Jenny werden ihren Zwinger bald wie ihr zweites Zuhause lieben."

Dagmar und Axel hofften sehr, daß ihre Eltern recht behielten. Sie waren schon froh, als Ben und Jenny endlich zu bellen aufhörten.

Doch mitten in der Nacht drang ihr Gebell wieder herüber zur Farm. Aber es war diesmal kein ärgerliches Bellen, sondern mehr ein langgezogenes, fast schon melancholisches Heulen...

Axel und Dagmar sprangen aus ihren Betten und liefen zum Fenster in der kleinen Diele. „Vielleicht haben sie irgendein wildes Tier gerochen!" vermutete Axel und schob das Fenster hoch.

Es war Vollmond. Der See, die Wiesen, der Wald und der Zwinger waren in helles, milchiges Licht getaucht. Ben und Jenny hockten mit geblähten Backen auf einem großen Felsen, der mitten im Zwinger aus dem Boden ragte. Mit runden Schnauzen und zum Himmel gereckten Köpfen heulten sie in die Nacht. Aus dem Wald hinter der Scheune drang zwischendurch der unverkennbare Ruf einer Eule.

Axel lehnte sich aus dem Fenster und lachte. „Mensch, Daggi, sie heulen wirklich den Mond an!"

„Richtig traurig klingt das."

Axel lauschte in die helle, silbrige Nacht. „Du, hörst du das?" flüsterte er. „Da antwortet ihnen jemand."

Seine Schwester beugte sich neben ihm aus dem Fenster. Und jetzt hörte sie es auch. Ein anderer Hund heulte in der

Ferne. Man mußte schon aufmerksam in die Nacht lauschen, um ihn zu hören.

„Ob es wohl ein wilder Hund ist, der sich in den Wäldern herumtreibt?“ fragte Axel und deutete mit einer vagen Geste auf die dunklen Bäume. Er versuchte sich vorzustellen, wie dieser fremde Hund des Nachts durch die dunklen Wälder zog und nun möglicherweise irgendwo auf einer Lichtung oder einer Hügelkuppe stand und wie Ben und Jenny den Vollmond anheulte.

Die Nacht ist die Zeit, da die meisten Tiere ihre Behausungen verlassen und auf Beutezug gehen. Und so manches Tier erlebt den nächsten Sonnenaufgang nicht mehr. Die Unerfahrenen, die Schwachen und die Kranken werden die Beute der stärkeren und erfahrenen Räuber, die so das Fortbestehen ihrer Art erreichen.

Fressen und Gefressenwerden, das ist das Gesetz der Natur, das den ewigen Kreislauf gewährleistet – sofern der Mensch nicht eingreift und die unglaublich komplizierte Balance der Natur zerstört. Eine Käferart, durch Insektenvertilgungsmittel ausgerottet, kann den Tod einer Vogelart, die sich von diesen Käfern ernährt, zur Folge haben und mit der Zeit eine Kettenreaktion auslösen. Fischreiher sind dort zum Tode verurteilt, wo Seen und Flüsse von Abwässern so vergiftet werden, daß Fische nicht mehr existieren können – und Fischreiher ohne Nahrung bleiben.

Von all diesen Dingen wußten die beiden Geschwister nicht viel, doch sie ahnten allmählich Zusammenhänge, über die sie sich in der Stadt kaum Gedanken gemacht hatten.

„Wer weiß“, sagte Dagmar und dachte an die Nacht, als sie unten am Ufer gezeltet hatten und von mehreren

Waschbären aus dem Schlaf gerissen worden waren, die sich an ihrem Lagerplatz herumgetrieben hatten. Ihre Farm lag zwar nicht wirklich in der Wildnis, doch das Land war so dünn besiedelt, daß die weiten Wälder immer noch voller Wild waren. Und in einer solchen Nacht wurde sich Dagmar besonders der Tatsache bewußt, wie wunderbar es war, mit der Natur zu leben. „Es kann auch ein Hund auf einer der Farmen sein. Nachts dringen Geräusche besonders weit", sagte sie zu Axel.

Sie blieben noch eine Weile am Fenster stehen, schauten in die Nacht und schwiegen. Es war ein verbindendes Schweigen. Dagmar stieß ihren Bruder an und lächelte, als sie sah, wie Ben sich schließlich hinlegte und Jenny sich an seine breite Brust kuschelte und die Pfoten anzog.

Leise, als fürchteten sie, Ben und Jenny draußen im Zwinger aufzuschrecken, gingen sie in ihre Zimmer zurück und huschten in die Betten.

Am nächsten Morgen erwartete sie eine Überraschung. Ben saß brav im Zwinger. Doch er machte einen traurigen Eindruck – was nicht verwunderlich war, denn Jenny war nicht bei ihm. Sie hockte vorn auf der Veranda und wedelte freudig mit dem Schwanz, als Axel die Tür aufmachte, um zum Hühnerstall zu gehen und die Eier zu holen.

„Jenny ist aus dem Zwinger entwischt!" rief Axel.

Sich keiner Schuld bewußt, sprang Jenny an ihm hoch. Ihre Augen funkelten fast triumphierend, weil es ihr gelungen war, einen Weg aus dem Zwinger zu finden.

„Wie ist sie bloß rausgekommen?" brummte sein Vater.

Die Hellwigs gingen zum Zwinger, wo Ben es nicht erwarten konnte, rausgelassen zu werden und wieder mit seiner Jenny zusammenzusein.

„Hier! Sie hat sich ein Loch gebuddelt und ist unter dem

Zaun hindurchgekrochen!“ Dagmar deutete auf das Loch an einer Stelle, wo sie den Maschendraht nicht tief genug in die Erde eingegraben hatten.

Axel schimpfte mit Jenny. Er führte sie an das Loch, stieß sie mit der Nase hinein und sagte: „Das tust du nicht noch einmal, hast du mich verstanden? Das ist nicht brav! Nein, das ist nicht meine liebe Jenny, die so etwas tut! Nimm dir ein Beispiel an Ben! Er ist schön im Zwinger geblieben!“

Jenny zog den Schwanz ein, sah ihn von der Seite an – und leckte ihm eifrig das Ohr, als wollte sie damit alles wiedergutmachen.

„Das wird nicht noch einmal vorkommen“, meinte Rolf Hellwig. Sie holten aus dem Wald schwere Steine, die sie überall dort hinlegten, wo der Maschendraht nicht tief genug in den Boden reichte.

Sie hätten sich allerdings diese Plackerei ersparen können, denn...

... am nächsten Morgen saß Jenny wieder vorn auf der Veranda, während Ben mit traurigem Gesicht hinter der Zwingertür hockte.

„Das darf doch nicht wahr sein!“ explodierte Rolf Hellwig.

Es war aber so. Jenny hatte zielstrebig gesucht und auch eine Stelle gefunden, wo die Steine nicht schwer genug waren, um sie am Buddeln zu hindern. Wieder hatte sie einen kleinen Tunnel gegraben und sich mit ihrem schmalen Körper in die Freiheit gezwängt.

„Gewitzt ist sie, das muß man ihr lassen“, meinte Helga Hellwig belustigt.

„Gewitzt oder nicht, sie muß sich damit abfinden, daß sie nachts bei Ben im Zwinger bleibt“, meinte Rolf Hellwig und überlegte, wie man Jennys Ausbruchsversuche endgültig vereiteln konnte.

Axel hatte eine Idee. „Warum nehmen wir nicht die langen Bretter, die vom Hühnerstallbau übriggeblieben sind, und nageln sie unten zwischen die Pfosten, zur Hälfte in die Erde gesenkt?"

Sein Vater nickte. „Prima, genau das werden wir machen!"

Ein intensiver halber Arbeitstag ging dafür drauf. Die Sonne brannte sengend vom Himmel. Sie waren in Schweiß gebadet, als sie die Bretter gegen Mittag endlich alle in der Erde versenkt und an den Zaunpfosten festgenagelt hatten. Sicherheitshalber rollten sie überall noch schwere Steine gegen die Bretter.

„So, das ist jetzt aber wirklich bombenausbruchssicher!" verkündete Rolf Hellwig.

„Hoffentlich", meinte Axel, hatte jedoch so seine Zweifel. Sicher, nach menschlichem Ermessen war es unmöglich, daß Jenny jetzt noch aus dem Zwinger entweichen konnte. Aber irgendein unbestimmtes Gefühl sagte ihm, daß Jenny dennoch Mittel und Wege finden würde, ihnen ein Schnippchen zu schlagen. Sie war so aufgeweckt und einfallsreich, daß es ihn fast enttäuschen würde, wenn es ihr nicht gelang.

Und Axels Ahnung sollte sich bestätigen...

Am nächsten Morgen lief Jenny wieder frei vor dem Farmhaus herum. Sie machte dabei regelrechte Luftsprünge, als wollte sie sagen: „Seht ihr? Hier bin ich wieder! Ich habe doch einen Weg aus dem Zwinger gefunden. Bin ich nicht ein intelligenter Hund?"

„Ich werd' verrückt!" rief Dagmar, als sie Jenny sah.

Ihre Mutter lachte nur schallend.

Ihr Vater dagegen fand das gar nicht so komisch – nach all der Arbeit, die er für den Bau des ausbruchssicheren Zwingers aufgewandt hatte.

„Ich bin mal gespannt, wo Jenny diesmal ein Schlupfloch gefunden hat, das wir übersehen haben", sagte Dagmar als sie in den Zwinger gingen.

Sie untersuchten den Zaun von innen, doch sie konnten nirgends ein Schlupfloch entdecken. Hier und da waren zwar kleine Kuhlen zu sehen, eben dort, wo Jenny ein Loch zu graben versucht hatte, aber an den in die Erde versenkten Brettern gescheitert war. Auch der Maschendraht wies nirgendwo eine Öffnung auf, durch die Jenny geschlüpft sein konnte. Es war ein Rätsel, wie sie aus dem Zwinger entwischt war.

„Das geht nicht mit rechten Dingen zu", brummte Herr Hellwig verwirrt.

„Es gibt bloß noch eine Möglichkeit, wie Jenny rausgekommen ist", meinte Axel schließlich. „Sie ist über den Zaun gesprungen."

„*Gesprungen*?" wiederholte Dagmar und schüttelte dann ungläubig den Kopf. „Niemals! Jenny ist viel zu klein..., und der Zaun ist fast zwei Meter hoch!"

Ihr Vater pflichtete ihr bei. „Nein, das ist wirklich unmöglich. Das schafft sie nicht."

„Jenny ist nicht irgendein x-beliebiger Hund", wandte Axel ein. „Sie ist sehr intelligent..."

„Willst du damit sagen, daß Ben doof ist?" fragte Dagmar sofort und stemmte die Fäuste in die Hüften. Auf Ben ließ sie nichts kommen!

„Nee, Ben ist einfach nur gutmütiger und braver als Jenny", beeilte sich Axel zu sagen und traf damit den Nagel auf den Kopf. „Jenny ist nun mal ein kleiner

Wirbelwind, das hat Mutti auch gesagt. Und ihr habt doch gesehen, was sie für Luftsprünge machen kann."

„Schon", räumte sein Vater ein. „Aber über so einen hohen Zaun zu springen, ist mehr als ein fröhlicher Luftsprung, Axel. Nein, das schafft sie nicht. Ihr müßt gestern vergessen haben, die Tür richtig zu schließen. Anders kann ich mir das nicht erklären."

„Und ich sage euch, sie *ist* über den Zaun gesprungen!" beharrte Axel.

Sein Vater verzog das Gesicht und fuhr ihm über den Kopf. „Ich hoffe in unser aller Interesse, daß du dich irrst."

Axel bekam Zweifel, als Jenny angelaufen kam und er sah, wie klein sie neben dem hohen Zaun wirkte. Aber es würde sich bald zeigen, wer Jenny richtig eingeschätzt hatte.

Am folgenden Tag war Jenny wieder draußen. Und diesmal hatten sich Axel und Dagmar am Abend zuvor gemeinsam davon überzeugt, daß die Zwingertür fest verschlossen war.

Ihr Vater war völlig ratlos. „So, jetzt will ich es aber wissen!" sagte er und brachte Ben und Jenny eigenhändig wieder in den Zwinger und schloß die Tür. „Jetzt werden wir ja sehen, wie sie es anstellt, aus dem Zwinger zu kommen!"

Die Hellwigs frühstückten wie immer hinten auf der schattigen Veranda. Ben und Jenny bellten ärgerlich. Daß sie nachts im Zwinger sein mußten, hatte Ben längst akzeptiert. Doch daß sie nun auch tagsüber eingeschlossen bleiben sollten und nicht wie sonst bei ihnen und den Katzen am Frühstückstisch sitzen durften, das war doch zuviel für ihn.

Als niemand auf ihr Bellen reagierte, legte sich Ben mit traurigem Gesicht an die Tür und blickte vorwurfsvoll zu ihnen hinüber. Der Geruch von gebratenem Speck und Spiegeleiern drang ihm in die Nase. Welch eine Gemeinheit, sie nicht aus dem Zwinger zu lassen!

Jenny dachte gar nicht daran, sich in ihr Schicksal zu fügen. Nachdem ihr Bellen keinen Erfolg gehabt hatte, entschied sie, daß sie die Angelegenheit nun selbst in die Hand oder, besser gesagt, in ihre Pfoten nehmen mußte.

„Seht mal!“ rief Axel plötzlich.

Jenny sprang mit einem gewaltigen Satz am Zaun hoch. Es sah so aus, als würde eine unsichtbare Kraft sie hochkatapultieren.

„Himmel, sie springt wirklich am Zaun hoch!“ rief Rolf Hellwig fassungslos.

„Aber nicht hoch genug!“ rief Dagmar.

Jenny kam beim ersten Sprung nicht bis an die Oberkante des Zaunes. Doch das entmutigte sie nicht. Auch ein erfolgloser zweiter und dritter Sprung brachte sie nicht dazu aufzugeben. Ganz im Gegenteil. Sie wußte aus Erfahrung, daß sie es schaffen konnte.

Mit ihrem vierten Sprung gelangte sie hoch genug, um sich mit den Vorderpfoten an der Oberkante des schweren Maschendrahtes festzuhalten. Ihre Hinterbeine krallten sich in den Draht. Einen Moment hing sie dort, und es sah so aus, als wüßte sie nicht weiter. Doch der Eindruck täuschte.

Jenny vergewisserte sich nur, daß ihre Hinterpfoten festen Halt hatten. Dann schob sie ihren Oberkörper über den Rand des Zaunes, zog die Hinterbeine nach und balancierte einen kurzen Augenblick auf der Oberkante des Zaunes. Dann stieß sie sich ab – und sprang hinunter auf die Wiese.

Axel strahlte. „Na, hab' ich's nicht gesagt? Jenny kann über den Zaun springen!"

„Ich kann's einfach noch nicht glauben", sagte Rolf Hellwig ganz verdattert über Jennys akrobatische Leistung.

„Mein armer Benny", sagte Dagmar und rannte schnell zum Zwinger, um ihren Liebling rauszulassen.

Jenny und Ben kamen freudig auf die Veranda gelaufen, begrüßten Bodo und Midnight auf ihre stürmische Art, und Jenny spielte mit Bodo sofort Mutter und Kind. Sie packte den kleinen Kater vorsichtig am Nackenfell und trug ihn über die Veranda, als wäre er ihr eigenes Kind. Bodo ließ sich das eine Weile gefallen. Als er genug von diesem Spiel hatte, flüchtete er und brachte sich aus ihrer Reichweite, indem er am feinen Moskitodraht der Veranda hochkletterte. Midnight folgte ihm sofort, und zusammen hingen sie oben an dem feinmaschigen Draht, bis Helga Hellwig sie herunterscheuchte.

„Ihr reißt uns noch den ganzen Draht mit euren scharfen Krallen ein!" schimpfte sie lachend. Wer konnte Bodo und Midnight schon böse sein? Sie waren viel zu putzig!

Rolf Hellwig saß unterdessen brütend am Frühstückstisch und ließ sein Spiegelei kalt werden. „Was jetzt?" fragte er sich selbst und schaute zu Jenny hinüber, die vor Axels Füßen saß und fröhlich in die Runde blickte, als erwartete sie von allen Seiten Lob. „Irgendwie müssen wir sie dazu kriegen, daß sie im Zwinger bleibt..., bleiben muß!"

„Und wie willst du das machen, Paps?" wollte Dagmar wissen und unterdrückte ein Lachen.

„Mir wird schon etwas einfallen", versicherte ihr Vater.

„Wäre doch gelacht, wenn Jenny das letzte Wort behalten sollte!"

Und ihm fiel etwas ein, das Jennys Sprüngen in die Freiheit in der Tat ein für allemal ein Ende bereiten sollte. Er befestigte lange Winkeleisen innen am oberen Ende eines jeden Zaunpfostens und spannte darüber einen etwa fünfzig Zentimeter breiten Maschendraht, wie sie ihn für das Hühnergehege benutzt hatten. Der Maschendraht war keine Verlängerung des regulären Zaunes, sondern verlief horizontal, war also so etwas wie ein nach innen reichendes Vordach.

Diese Barriere konnte Jenny nicht mehr überwinden. Sprang sie jetzt am Zaun hoch, stieß sie mit dem Kopf gegen den überhängenden Draht. Und wie sehr sie sich auch oben am Zaun festklammerte und sich abmühte – der fünfzig Zentimeter breite Überhang machte alle Versuche zunichte. Schließlich gab sie es auf. Sie sah ein, daß es keine Möglichkeit mehr gab, aus dem Zwinger zu entkommen, sofern sie einmal drin war.

„Na, also! Damit wäre dieses Kapitel endlich abgeschlossen!" erklärte Rolf Hellwig mit grimmiger Zufriedenheit, als Jenny am nächsten Morgen brav bei Ben im Zwinger hockte. „Wäre auch gelacht gewesen, wenn wir das nicht in den Griff bekommen hätten."

Er irrte jedoch.

Rolf Hellwig konnte seinen Triumph nur einen einzigen Tag lang auskosten. Dann führte Jenny ihm plastisch vor Augen, daß menschliche Erfindungsgabe nicht immer die endgültige Lösung eines Problems ist – vor allem dann nicht, wenn man es mit einem so intelligenten und einfallsreichen Hund wie Jenny zu tun hat...

Als es dämmerte und für die Hunde die Zeit kam, in den

5 9656-8

Zwinger zu gehen, zeigte sich Jenny allen Rufen und Lockungen gegenüber völlig taub. Während Ben gutmütig seinem Frauchen in den Zwinger folgte und auf seine Freundin wartete, dachte Jenny gar nicht daran, ihm zu folgen. Weder scharfe Befehle noch köstliche Leckerchen, mit denen Axel und sein Vater sie zu locken versuchten, fruchteten etwas. Sie hielt immer einen Abstand von mehreren Metern, ja sie machte sich sogar lustig über die beiden. Sie ließ sie herankommen und ließ sie in dem Glauben, jetzt endlich gehorchen zu wollen – und dann rannte sie plötzlich davon. Mitten im Lauf sprang sie immer wieder fröhlich in die Luft und zeigte ihnen damit, wie sehr sie ihre Freiheit und Überlegenheit genoß.

„Dieses kleine Biest!" schimpfte Rolf Hellwig, konnte aber ein Schmunzeln nicht unterdrücken.

Schwanzwedelnd lief Jenny schließlich auf den Wald zu, um dort noch ein bißchen zu stromern. Eine Stunde später erschien sie dann wieder beim Farmhaus und kratzte an die Tür, um hereingelassen zu werden.

„So, jetzt aber ab mit dir in den Zwinger!" sagte Axel und packte Jenny am Halsband.

Doch Jenny legte sich einfach auf den Rücken, streckte alle viere von sich und zeigte ihm ihren Bauch. Axel konnte tun und sagen, was er wollte – sie rührte sich nicht von der Stelle.

„Sie will immer noch nicht!" Axel war ratlos.

Seine Mutter kniete sich lachend zu Jenny auf den Boden und kraulte sie. „Was haben wir uns mit dir bloß eingefangen, du Kobold! Ben wartet doch auf dich! Und morgen früh sind wir ja alle wieder zusammen."

Schließlich blieb Axel nichts anderes übrig, als Jenny aufzuheben und sie wie ein Baby in den Zwinger zu tragen.

Dagegen hatte sie nichts einzuwenden, ja, das machte ihr sogar Spaß!

Und so sollte es von nun an jeden Abend sein. Es wurde eine Art Ritual. Während Ben folgsam in den Zwinger trottete, nahm Jenny sich die Freiheit, noch eine gute Stunde ihre Freiheit zu genießen, um dann zum Haus zu kommen, noch eine Weile mit ihrem Herrchen zu spielen und dann von ihm wie ein Wickelkind in den Zwinger getragen zu werden.

Rolf Hellwig war kein Mann, der eine Niederlage nicht zugeben konnte. Und Jenny hatte ihm ohne Zweifel eine solche zugefügt.

„Jenny ist wirklich ein ganz besonders schlaues Kerlchen", räumte er ein. „Und sie hat in dieser Angelegenheit tatsächlich das letzte Wort behalten."

Axel zeigte es nicht, doch er war richtig stolz auf seine Jenny, die allen ein Schnippchen geschlagen und ihnen ihren Willen aufgezwungen hatte. Und jeden Abend, wenn er sie zu Ben in den Zwinger trug, drückte er sie ganz fest an sich und flüsterte ihr ins Ohr, wie lieb er sie habe...

Ein schrottreifer Oldtimer

Jeff Robertson hatte sein Versprechen, das er Axel am Telefon gegeben hatte, nicht vergessen. Er kam an einem jener Tage auf die Farm, als Rolf Hellwig noch glaubte, Jenny mit seinen Mitteln nachts im Zwinger halten zu können. Seinen großen, schweren Werkzeugkasten hatte Jeff gleich mitgebracht.

„Endlich!“ rief Axel, als er Jeff über die Wiese kommen sah. Ein leicht vorwurfsvoller Unterton schwang in seiner

Stimme mit. Immerhin waren schon mehrere Tage vergangen, seit er mit ihm wegen des alten Kleinlasters in der Scheune telefoniert hatte.

Jeff Robertson fuhr sich durch sein dunkles Haar, und auf seinem hübschen Gesicht zeichnete sich ein spöttisches Lächeln ab. „Was ist denn? Wie ich sehe, habt ihr auch ohne Wiederbelebungsversuche am Truck alle Hände voll zu tun." Er nickte Axels Vater zu, der die Motorsäge aus der Hand legte. „Hi, Mister Hellwig."

„Hallo, Jeff. Schön, dich mal wiederzusehen. Ich wollte dich übrigens fragen, ob du nicht irgendwann einmal Zeit hättest, um nach dem Truck in der Scheune..."

Axel fuhr seinem Vater lachend ins Wort. „Ich hab' ihn schon längst gefragt, Paps! Deshalb ist er heute gekommen."

Rolf Hellwig sah seinen Sohn verblüfft an. „So? Schau an!" Er zuckte die Schultern und wandte sich Jeff mit einem entschuldigenden Lächeln zu. „Tut mir leid, wenn Axel dich einfach so überfahren hat..."

„Ganz und gar nicht", versicherte Jeff. „Mir macht so etwas Spaß."

„Ich hoffe, du hast nichts dagegen, wenn ich dich mit der alten Kiste allein lasse", sagte Rolf Hellwig. „Aber ich will das hier fertig kriegen. Außerdem verstehe ich von Motoren soviel wie von Schwarzer Magie – nämlich gar nichts."

Jeff lachte. „Lassen Sie sich bei Ihrer Arbeit nicht stören. Ich brauche sowieso einige Zeit, um überhaupt erst mal zu wissen, ob es noch Sinn hat, den Truck wieder in Ordnung zu bringen."

Axel, Dagmar und ihr Vater waren gerade damit beschäftigt gewesen, die Hundehütte für Ben und Jenny zu bauen. Terry und Steve waren auch da und hatten ihnen beim Zurechtschneiden der Spanplatten für Boden, Dach und Wände tatkräftig geholfen. Die Hundehütte sollte besonders schön werden und wie ein kleines Haus aussehen – mit doppelten, fiberglasisolierten Wänden und einer Außenverkleidung aus braunbeigen Schindeln.

Auch Steve und Terry kannten Jeff und mochten ihn genauso wie die Hellwig-Geschwister. Jeff war zwar schon siebzehn, doch daß er mehrere Jahre älter war als sie, ließ er sie nie spüren.

„Okay, sehen wir uns den Truck mal an“, sagte Jeff nun, zu den vier Freunden gewandt, und hob seinen schweren Werkzeugkasten auf.

Büsche, dorniges Gestrüpp und hohe Unkrautwälder wucherten auf dem völlig verwilderten Stück zwischen Haus und Scheune so üppig, daß sie nur hintereinander den schmalen Trampelpfad benutzen konnten. Ben und Jenny sowie Midnight und Bodo folgten ihnen natürlich. Ausgelassen tobten sie über den Weg und huschten zwischen ihren Beinen hin und her.

„Wenn ich gewußt hätte, daß der Gang zur Scheune Expeditionscharakter hat, hätte ich Kompaß und Machete mitgebracht“, spottete Jeff.

„Die reinste Wildnis“, stimmte Terry ihm zu.

„Der Weg zur Scheune wird bald freigelegt“, versicherte Dagmar. „Carlton hat versprochen, demnächst mit dem Traktor zu kommen und das ganze Gestrüpp mit einem maschinellen Buschhacker niederzumachen.“

Wie ein verwunschenes Gebäude ragte die hausgroße Scheune mit ihrem rostroten Dach aus der Wildnis auf. Axel war jedesmal beeindruckt, wenn er die mächtigen Holzpfeiler und Querstreben sah. Bis auf das Metalldach, das wirklich dringend einen Anstrich benötigte, war alles aus Holz und so solide, als wäre die Scheune nicht schon vor hundert Jahren, sondern erst gestern gebaut worden.

„Eine tolle Scheune", sagte Terry.

Dagmar lachte stolz. „Warte erst mal, bis du die Boxen gesehen hast. Hier könnten wir eine Menge Tiere halten... Pferde und so."

„Ich denke, wir sind wegen des alten Trucks hier", meinte Steve, der sich mehr für benzingetriebene Pferdestärken interessierte.

„Klar! Kommt, hier steht er!" Axel öffnete die breite Brettertür unter der überdachten Durchfahrt und trat in das Dämmerlicht der Scheune.

Der alte Kleinlaster stand, auf Ziegelsteinen aufgebockt, auf der linken Seite zwischen allerlei Gerümpel. Er war total eingestaubt, und hinten auf der Ladefläche lag jede Menge nutzloses Zeug: morsche Bretter, verrosteter Stacheldraht, leere Öldosen und vieles mehr.

Jeff setzte den schweren Werkzeugkasten ab. „Ganz schön heruntergekommen", sagte er mit einem Blick auf die gesprungene Frontscheibe und die dicke Staubschicht, die den Chevy-Truck bedeckte.

„Das ist doch nur äußerlich", meinte Axel eifrig, der inständig hoffte, daß Jeff den uralten Truck zu neuem Leben erwecken konnte.

„Na, schauen wir dem Oldtimer mal unter die Haube", sagte Jeff und inspizierte den Wagen im Schein einer Taschenlampe, denn elektrisches Licht gab es in der alten Scheune nicht. Die Verlegung eines Stromkabels vom Haus hierhin stand bei Hellwigs auf der Liste der dringlichsten Projekte weit unten.

Das mit dem „Unter-die-Haube-Schauen" war leichter gesagt als getan. Sosehr Jeff rüttelte und ruckte, die

Motorhaube rührte sich keinen Millimeter und dachte gar nicht daran, aufzuklappen und den Blick auf das motorisierte Innenleben des Trucks freizugeben. Jeff mußte dem störrischen Blech erst mit Zange, Schraubenzieher und dann gar mit der Brechstange zu Leibe rücken, um es aufzubekommen.

„Fängt ja vielversprechend an“, murmelte Jeff und beugte sich über den Motor.

Dagmar und Axel wurden von Minute zu Minute niedergeschlagener, denn es gab kaum etwas an dem alten Kleinlaster, das noch in Ordnung war. Daß die Türen klemmten, Mäuse sich in die Polster eingenistet hatten und Rost an vielen Stellen das Blech zerfressen hatte, war gar nicht mal das Schlimmste.

Jeff schüttelte während der Prüfung immer wieder den Kopf und murmelte vor sich hin: „Die Schläuche sind total verrottet... Mein Gott, kaum ein Kabel, das die Mäuse nicht angenagt haben! Der Kühler ist reif für den Müll. Löchrig wie ein Sieb... Die Lichtmaschine wird ja nur noch vom Rost zusammengehalten...“ Die Aufzählung der Mängel nahm kein Ende, während er hier herumschraubte, dort rüttelte, unter den Wagen kroch und Achsen und Bremsen prüfte.

Terry und Steve blickten genauso deprimiert drein wie ihre beiden deutschen Freunde, deren anfängliche fröhliche Stimmung längst verflogen war. Sogar die Tiere schienen zu spüren, daß es ratsamer war, sich jetzt ruhig zu verhalten. Ben und Jenny lagen still im alten Heu auf dem etwas erhöhten Mittelgang und beobachteten sie nur, während Bodo und Midnight die steile Treppe zum Heuboden hinaufgelaufen waren und nun dort oben weit vom Schuß herumtobten.

Schließlich kam Jeff unter dem Wagen hervor, schüttelte sich Staub und Dreck aus dem Haar und schlug die Motorhaube zu. „Tja, Freunde, das ist wirklich ein Oldtimer mit einer ellenlangen Liste von Mängeln."

Axel sah traurig drein. „Ein hoffnungsloser Fall, ja? Ein schrottreifer Oldtimer, wir haben's gehört. Okay, vergessen wir es. Wäre ja auch zu schön gewesen", sagte er und wandte sich zum Gehen.

„Schade", sagte Terry mitfühlend.

„He, nun mal langsam!" rief Jeff. „Von hoffnungslos habe ich nichts gesagt, nur daß die Kiste 'ne Menge Macken hat. Aber das kriegen wir schon wieder hin."

Axels Augen leuchteten auf. „Ist das dein Ernst?"

„Sicher."

„Mensch, toll!" rief Steve begeistert.

Auch Dagmar freute sich, konnte es aber noch nicht so recht glauben. „Du meinst wirklich, du könntest den Truck wieder zum Laufen bringen?"

Jeff lachte. „Wenn ihr mit anpackt, ganz bestimmt. Aber es wird eine Menge Schweiß und Laufereien kosten, das sage ich euch jetzt schon."

„Das macht gar nichts!" versicherte Axel. „Was sollen wir denn tun, Jeff?"

„Also, zuerst einmal müssen wir den Truck von allem Gerümpel befreien und nach draußen unter das Vordach schieben. Dann brauchen wir unbedingt Strom sowie einen Flaschenzug, damit ich den Motor ausbauen kann."

„Während Jeff am Motor und den anderen Innereien arbeitet, können wir doch den Truck neu lackieren", schlug Steve vor.

Dagmar lachte. „Klar! Im Pinseln sind Axel und ich schon halbe Weltmeister, stimmt's, Bruderherz?"

Axel nickte und lachte fröhlich. „Wir sind die Meisterpinsler vom Bibersee!“

„Aber zuvor muß der Rost entfernt werden!“ dämpfte Jeff ihren Überschwang. „Und das ist eine verdammt unangenehme und anstrengende Arbeit! Außerdem muß ich erst einmal mit eurem Vater reden. Wir werden eine ganze Menge Ersatzteile brauchen sowie neue Reifen. Das wird was kosten, auch wenn wir das meiste beim Schrotthändler auftreiben können.“

Axel machte eine großzügige Handbewegung, als wollte er Jeffs Einwand wegwischen. „Vati wird sein Okay schon geben. Hauptsache, du sagst ihm, daß der Truck noch tipptopp in Ordnung ist – bis auf ein paar lächerliche Kleinigkeiten, die du aber ganz leicht reparieren kannst.“ Er zwinkerte ihm verschwörerisch zu. „Du mußt ihm ja nicht gleich alles aufzählen, was erneuert werden muß. Das kann man ihm auch nach und nach beibringen.“

Jeff lachte. „Du bist mir vielleicht ein Schlitzohr, Axel!“ Als er später mit Rolf Hellwig sprach, erwähnte er tatsächlich nur die größten und kostspieligsten Reparaturen.

„Also gut, du bist der Fachmann, Jeff! Zeig, was du kannst!“ Rolf Hellwig gab ihm grünes Licht, nachdem er die Kosten grob überschlagen hatte und zu dem Ergebnis gekommen war, daß die Sache einen Versuch lohnte.

Dagmar und Axel blickten sich triumphierend an, und als ihr Vater außer Hör- und Sichtweite war, boxte Axel Jeff in die Seite. „Das hast du astrein gemacht, Jeff! Jetzt können wir loslegen! Mensch, Daggi, bald haben wir unseren eigenen Truck auf der Farm, und dann kann Jeff uns Fahrunterricht geben!“

Jeff schmunzelte. „Na, mal sehen, wie lange eure Begeisterung anhält…“

Wiederbelebungsversuche

Der Kater Bodo hatte es sich auf dem vorderen linken Kotflügel bequem gemacht und den größten Teil des Nachmittags mit Dösen verbracht. Jetzt reckte er sich wohlig, streckte alle viere von sich und widmete sich dann hingebungsvoll der Körperpflege. Er leckte sein rotbraunes Fell und die feinen Härchen zwischen den rosigen Ballen – und stellte plötzlich die Ohren auf.

Da kam doch jemand aus dem Gebüsch und näherte sich der Scheune!

Es war Ben, gefolgt von Jenny. Ben trug einen dicken, knorrigen Stock im Maul, an dem Jenny auch sehr interessiert zu sein schien, denn sie sprang aufgeregt um ihn herum und gab sich alle Mühe, Ben den Stock abzunehmen. Doch er schlackerte bloß mit dem Kopf hin und her, so daß Jenny keine Chance bekam, den prächtigen Stock zu fassen.

Bodo fand diese Sache höchst interessant. Er war jetzt ausgeruht und des Sich-Putzens überdrüssig. Ihm war nach Raufen und Spielen zumute. Wo Midnight bloß steckte? Vermutlich hockte sie wieder in der hintersten Ecke der Scheune vor dem Mauseloch und hoffte, daß ihr die Maus diesmal nicht entkam. Zugegeben, dieses Spiel war manchmal wirklich ganz reizvoll und brachte gelegentlich sogar eine deftige Anreicherung des Speisezettels, aber an diesem heißen Nachmittag stand ihm der Sinn einfach nicht nach Mäusen. Er wollte jetzt am liebsten ein wenig balgen! Und da kamen ihm Ben und Jenny gerade recht. Vielleicht ließen sie ihn bei ihrem „Wer kriegt den Stock"-Spiel mitmachen. Immerhin hatten sie sich in den letzten Wochen so gut angefreundet, daß von dem anfänglichen gegenseitigen Mißtrauen nichts mehr geblieben war. So hatten es sich Ben und Jenny mittlerweile angewöhnt, ihn und seine Schwester Midnight regelrecht abzuschlekken, wenn sie morgens aus dem Zwinger gestürmt kamen. Für diese rauhe Art der Begrüßung revanchierten die Katzen sich, indem sie jede Gelegenheit wahrnahmen, Ben und Jenny an die langen Schlappohren oder die wedelnden Schwänze zu springen. Es kam zwar vor, daß Ben einmal muffig reagierte und sie anbellte, aber weder Midnight noch er nahmen dieses Grollen ernst. Sie hatten längst durchschaut, daß Ben im Grunde seines Herzens gutmütig war. Man konnte es sogar wagen, den Kopf in seinen Napf zu stecken, *während* er fraß. Jenny war da nicht so großzügig.

Als Ben nun direkt unter ihm vorbeikam, zögerte Bodo nicht eine Sekunde. Er schnellte vor, landete auf Bens Kopf, rutschte ihm auf die Schnauze und sprang von dort auf den Ast, der gut dreimal so lang war wie er.

Ben wurde von dem spielerischen Angriff völlig überrascht. Er zuckte wie von einer Hornisse gestochen zusammen, ließ den Stock fallen und fletschte die Zähne – bereit zur Gegenattacke.

Damit hatte Bodo nicht gerechnet! Schnell vergaß er Stock und Spiel, schoß wie ein Blitz unter den Wagen und flüchtete zu Axel, der rücklings auf dem Boden lag und den Rost von der Unterseite der Ladefläche kratzte.

Als Bodo bei ihm Schutz suchte und ihm mitten auf den Bauch sprang, reagierte er reflexartig, indem er zusammenfuhr und sich aufrichten wollte. Doch eine metallene Querstrebe war ihm dabei im Wege. Er schrie vor Schmerz auf, sackte sofort zurück und rieb sich die Stelle am Kopf, wo sich schnell eine Beule bildete. Gleichzeitig rieselten ihm Dreck und Rostpartikel ins Gesicht. Und Ben schob seinen Kopf hinter dem Hinterreifen unter den Wagen und bellte wütend auf Bodo ein, der zwischen Axels Beinen kauerte und sich so winzig wie möglich machte. Wegen einer solchen Kleinigkeit so ein Geschrei zu machen!

„Was ist passiert?“ rief Dagmar besorgt aus der Fahrerkabine.

„Nichts! – Alles! – Ich hab’ mir die Rübe gestoßen! Wegen Bodo... so ein Mist!“ fluchte Axel, rieb sich die schmerzende Stirn und spuckte Dreck aus. „Und du hörst jetzt endlich auf zu bellen, Ben! Was hast du denn bloß wieder angestellt, Bodo?"

Der Kater miaute kläglich, als wäre er das unschuldigste, sanftmütigste Wesen der Welt, und rieb seine Schnauze an Axels Handrücken.

Axel kroch unter dem Wagen hervor. Er streichelte Ben, der sich auch sofort wieder beruhigte und mit Jenny schwanzwedelnd losjagte, nachdem sein Herrchen den Stock weit auf den Weg hinausgeworfen hatte, der vom alten Carlton vor knapp zwei Wochen freigelegt worden war. Man konnte seitdem bequem mit dem Wagen von der sandigen Stichstraße am Haus vorbei bis zur Scheune fahren.

In den zwei Wochen seit Jeffs erster Begutachtung des Trucks war überhaupt viel passiert – mehr als Axel und seiner Schwester Dagmar eigentlich lieb gewesen war, wie er insgeheim zugab. Wie hatten sie geschuftet! Und auf wie vielen Schrottplätzen hatten sie sich mit Jeff herumgetrieben! Hier hatten sie ein Teil fürs Getriebe gefunden, dort eine Zierleiste, hier eine noch passable Lichtmaschine und auf dem nächsten Platz endlich den vielgesuchten, passenden Kühler. Jeffs Liste der Teile, die sie unbedingt brauchten, war ihm unendlich lang erschienen. Er hatte gar nicht daran denken dürfen, daß ein einziger Gang zu einem Chevy-Autohändler genügt hätte, um alle Ersatzteile auf einen Schlag zu erhalten. Aber dafür hatten sie nun mal nicht das nötige Geld gehabt. Also war ihnen nichts anderes übriggeblieben, als alle Schrotthändler im Umkreis von hundert Meilen abzuklappern.

Axel blickte zu dem Flaschenzug hoch, der in der überdachten Scheunendurchfahrt von einem der mächtigen Querbalken herabhing. An den schweren Eisenketten hatte der ausgebaute Motor gehangen, und Jeff und Carlton hatten sich über ihn gebeugt und gefachsimpelt wie zwei Chirurgen vor einer schwierigen Operation. Carlton war überhaupt eine große Hilfe gewesen. Fast jeden Nachmittag war er bei ihnen in der „Freiluftwerkstatt" aufgetaucht und Jeff bei den Reparaturen tatkräftig zur Hand gegangen. Es hatte ihm sichtlich Spaß gemacht, an der uralten Maschine herumzubasteln.

Axel seufzte. „Ich kann gar nicht glauben, daß wir es bald geschafft haben sollen", sagte er, als seine Schwester aus dem Fahrerhaus kam, wo sie das Armaturenbrett und Chromteile poliert hatte.

Dagmar wischte sich eine Strähne aus der schweißnassen Stirn. „Wenn ich vorher gewußt hätte, daß das so eine Schufterei wird, hätte ich erst gar nicht damit angefangen", gestand sie mit einem tiefen Seufzer. Welch ein Glück, daß die amerikanischen Sommerferien drei volle Monate lang waren und bis in den September reichten! In Deutschland wären die beiden Wochen schon ein Drittel der Ferienzeit gewesen. So aber waren es noch fast zwei Monate, bis sie in die High-School von Rocky Mount gehen und sich an den amerikanischen Unterricht gewöhnen mußten.

„Na, Steve und Terry haben uns immerhin ganz schön geholfen."

„Ja, das stimmt", räumte Dagmar ein und setzte sich auf einen alten Holzklotz, um sich auszuruhen.

„Und ich finde, die Schufterei hat sich gelohnt. Sieht der Truck denn jetzt nicht wieder toll aus?" fragte er überschwenglich.

Dagmar ließ ihren Blick über den Kleinlaster gleiten, und Stolz kam in ihr auf. Der Truck war wirklich nicht wiederzuerkennen. Als sie ihn vor zwei Wochen ins Freie geschoben hatten, hatte er geradezu schrottreif ausgesehen: voller Kratzer, abblätterndem Lack und mit tausend Rostflecken. Jetzt erstrahlte er in einem neuen meerblauen Glanz. Jeff hatte ihnen gezeigt, wie man Roststellen behandelte, und sie hatten geschmirgelt, gespachtelt, grundiert und dann den ganzen Truck neu lackiert, während er sich um Getriebe, Zylinderköpfe, Wasserpumpe und Bremsanlage gekümmert hatte. Zwar gab es noch immer einige Stellen, die gegen Rost behandelt werden mußten, doch waren das lächerliche Kleinigkeiten im Vergleich zu den dicken Brocken Arbeit, die sie in den vergangenen beiden Wochen hinter sich gebracht hatten.

„Tja, schmuck sieht er aus", sagte Dagmar und fuhr dann mit unverhohlener Skepsis fort: „Aber noch wissen wir nicht, ob der Motor auch wirklich wieder funktioniert. So richtig getestet hat Jeff das noch nicht."

„Wenn er erst mal die passende Verteilerkappe...", begann Axel zuversichtlich und brach dann mitten im Satz ab, als er ein Motorengeräusch hörte. Er sprang auf. „Das wird Jeff sein. Hoffentlich hat er das Teil bekommen!"

Jeffs alter Ford rumpelte über den Weg und hielt neben der Scheune. Er strahlte über das ganze ölverschmierte Gesicht, als er ausstieg. „Ich hab' die Kappe, Freunde! Gleich werden wir sehen, ob wir alles richtig zusammengebastelt haben", sagte er und machte sich an die Arbeit.

Zwanzig Minuten später war es dann soweit.

„Der Augenblick der Wahrheit!" rief Jeff, rutschte hinter das Steuer und steckte den Schlüssel in das Zündschloß.

Axel und Dagmar starrten gebannt auf den Motor und drückten beide Daumen.

„Es klappt..., es klappt..., es klappt...", murmelte

Axel beschwörend.

Jeff drehte den Schlüssel herum – und der Motor begann zu spucken und zu husten. Ben und Jenny legten die Köpfe schief. Solch merkwürdige Laute hatten sie noch nie gehört!

Dagmar verzog das Gesicht. „Ach, du Schreck! Gegen dieses Gestotter klingt ja der Motor von Papis vorsintflutlichem Lincoln wie das reinste Nähmaschinensummen!"

Bevor Jeff etwas erwidern konnte, gab der Truck zwei gewaltige Fehlzündungen von sich. Es knallte so laut, als hätte jemand direkt neben ihnen zwei schwere Kanonenschläge gezündet.

Ben und Jenny stoben erschrocken davon.

Im nächsten Augenblick erstarb der Motor.

„War das alles?" fragte Axel enttäuscht.

Jeff schwang sich von der Sitzbank. „Keine Panik! Gut Ding braucht Weile – und eine so alte Maschine Fingerspitzengefühl", erklärte er selbstsicher, machte sich an der Benzinzufuhr und am Verteiler zu schaffen, knallte die Motorhaube dann demonstrativ zu und setzte sich wieder hinter das Steuer.

„So, jetzt muß es aber klappen!"

Der Motor stotterte zwar am Anfang noch, doch dann lief er gleichmäßig, wenn auch mit einem beachtlichen Röhren. Aber das störte Dagmar und Axel nicht. Im Gegenteil, sie fanden es ausgesprochen toll.

„Na, hab' ich zuviel versprochen?" fragte Jeff stolz.

„Irre, Jeff!" rief Dagmar.

„Los, rein mit euch!" forderte er sie auf. „Wir machen eine erste Testfahrt!"

Axel und Dagmar saßen im Handumdrehen neben ihm im Fahrerhaus auf der durchgehenden Sitzbank, die Platz

6 9656-8

für mindestens drei Erwachsene bot.

„Ab die Post!" rief Axel ausgelassen. „Mensch, wird sich Vati freuen, wenn er uns mit der Kiste ankommen sieht! Jetzt können wir alles, was wir wollen, mit dem Truck transportieren!" Er war außer sich vor Freude. Eine Farm ohne einen richtigen Truck war doch keine Farm!

Jeff legte den Gang ein, und der Truck fuhr mit einem Ruck an, rollte unter dem hohen Dach der Scheune ins Freie und beschleunigte problemlos, als Jeff mehr Gas gab und in den zweiten Gang schaltete.

Dagmar nahm eine Bewegung aus den Augenwinkeln wahr und blickte über die Schulter zurück. „Langsam, Jeff!" rief sie. „Ben und Jenny wollen auch mit!"

Die Hunde hatten die Startversuche aus sicherer Entfernung beobachtet. Doch als sie sahen, daß das merkwürdige Gefährt aus der Scheunendurchfahrt rollte und sich immer schneller mit ihrem Herrchen und Frauchen entfernte, gab es für sie kein Halten mehr. Sie jagten, Ben voran, dem Truck hinterher.

Jeff blickte belustigt in den Rückspiegel und nahm das Gas zurück. Die Ladeklappe war heruntergelassen, und mit einem eleganten, kraftvollen Satz sprang Ben auf die Ladefläche, gefolgt von Jenny.

„Unsere erste Ladung!" sagte Axel lachend.

„Ladung? Von wegen!" erwiderte seine Schwester. „Schau sie dir doch an! Die benehmen sich so, als hätten sie die ganze Zeit nur darauf gewartet, daß der Truck wieder in Ordnung kommt, damit wir sie durch die Gegend kutschieren können."

Diesen Eindruck machten Ben und Jenny wahrhaftig. Ben stellte sich auf der Fahrerseite mit den Vorderpfoten auf die Umrandung der Ladefläche, reckte sich selbstbewußt in die Höhe und streckte den Kopf mit halb geöffnetem Maul in den Fahrtwind. Sein hin und her schlagender Schwanz verriet jedem Hundekenner zweifelsfrei, wie sehr er diese luftige Spazierfahrt genoß. Und Jenny machte es ihm auf der anderen Seite nach.

Bodo, der auf einen Walnußbaum geklettert war und in einer Astgabel saß, schaute verblüfft zu ihnen hinunter, als der Truck an dem Baum vorbeifuhr. Doch die beiden Hunde schenkten ihm keinen einzigen Blick, als wäre es unter ihrer Würde, Schaulustige am Wegesrand zu beachten.

Axels Jahrhundert-Idee

Das hochtourige Dröhnen des Rasenmähers, der über einen Sitz, zwei Vorwärtsgänge und einen Rückwärtsgang sowie ein Steuer verfügte, war auf der Halbinsel der Hellwigs am Bibersee weithin zu hören.

Axel lenkte das Gefährt, das wie der Truck und der

Straßenkreuzer seiner Eltern nicht gerade neueren Datums war, um eine Birke herum und fluchte, als die Schneideblätter einen im Gras versteckten Stein erwischten, ihn zerhackten und die einzelnen Brocken gegen das Schutzblech schleuderten. Noch zwei, drei weitere Steine dieser Art, und sein Vater konnte mal wieder das Schneidemesser ausbauen und die beiden breiten Klingen schärfen – eine Arbeit, die ihn nicht gerade begeisterte.

Als er den Rasenmäher gedreht hatte, sah er seine Schwester, die sich erschöpft auf den Rechen stützte, mit dem sie das geschnittene Gras zu kleinen Haufen zusammengerecht hatte. Er fuhr zu ihr hin, klinkte den Gang aus und stellte den Motor ab.

„Was für eine himmlische Ruhe!“ stöhnte Dagmar erleichtert auf.

„Ja, das Ding ist eine ganz schöne Krawallkiste“, stimmte Axel ihr zu und wischte sich mit dem Handrücken den Schweiß von der Stirn. Schweißglänzend war auch seine nackte, braungebrannte Brust. Es war zwar erst zehn Uhr vormittags, doch die Sonne brannte schon mit sengender Kraft vom klaren Himmel.

„Ich hab' keine Lust mehr“, brummte Dagmar. Seit einer Stunde wechselten sie sich nun schon mit Rechen und Rasenmäherfahren ab, doch sie hatten noch nicht einmal ein Drittel der Rasenfläche rund ums Haus und den Hang zum Bootshaus hinunter geschafft.

„Glaubst du, ich?“ fragte Axel. „Ich kann mir auch was Besseres vorstellen. Aber versprochen ist nun mal versprochen.“

„Ja, ich weiß“, seufzte Dagmar. Sie hatten ihren Eltern versprochen, während der Sommerferien einige Arbeiten auf der Farm zu übernehmen. Dazu gehörten das Versorgen der Hühner und eben das leidige Rasenmähen. „Wenn doch wenigstens der Auswerfer mit dem Auffangkorb funktionieren würde. Dann müßte man nicht alles mit dem blöden Rechen zusammenharken."

Axel blickte zu Ben und Jenny hinüber, die faul im Schatten der Veranda lagen, die Köpfe auf der obersten Treppenstufe. Bens Fell war noch ganz naß und zottelig, weil er sich eben erst ein erfrischendes Bad im See gegönnt hatte.

„Hund müßte man auf dieser Farm sein", bemerkte Axel neidisch und suchte nach den beiden Katzen. Er konnte sie jedoch nirgends erblicken. Vermutlich streiften sie im Wald umher. Dort war es bei dieser Hitze wenigstens schattig und kühl.

„Nee, das dumme Gras müßte bloß nicht so verrückt wachsen", entgegnete Dagmar und ließ ihren Blick über den zum Wasser hin sanft abfallenden Hang schweifen, der eine einzige saftig blühende Wiese war. Das Gras stand schon wieder zwei Handbreit hoch. Dabei hatten sie erst vor drei Tagen gemäht! „Das verdammte Grünzeug schießt ja schneller aus dem Boden, als eine hundertköpfige Schafherde fressen könnte. So, und jetzt mache ich 'ne Pause und hol' mir was zu trinken. Den Rest können wir heute abend mähen, wenn es kühler ist. Jetzt kriegt man hier ja einen Hitzschlag!"

Axel blickte ihr mit gefurchter Stirn nach, als sie quer über die Wiese zum Haus ging. Dann leuchtete sein gerötetes Gesicht plötzlich auf, und er sprang vom Rasenmäher und rannte hinter ihr her.

„He, warte mal, Daggi!" rief er. „Du hast mich auf eine tolle Idee gebracht!"

Sie blieb stehen. „Was für eine Idee denn?"

„Na, wie wir uns demnächst das Rasenmähen ersparen können…, zumindest einen großen Teil“, schränkte er ein, doch seine Augen leuchteten fröhlich.

„So? Da bin ich aber wahnsinnig gespannt“, sagte Dagmar, doch ihre mürrische, gleichgültige Stimme strafte ihre Worte Lügen. Was konnte Axel schon so Weltbewegendes eingefallen sein!? Das Gras würde weiterwachsen, und sie würden es mähen müssen. Basta. Sie ging weiter. Im Augenblick lechzte sie nach einem Glas kühler Limo und einer Stunde Nichtstun auf der schattigen Veranda.

„Schafe!“ verkündete Axel triumphierend.

„Was?“ fragte Dagmar gedehnt und blieb unwillkürlich stehen.

„Na, eine Herde Schafe ersetzt den Rasenmäher!“ erklärte Axel. „Wir brauchen doch nur die Wiese einzuzäunen, ein paar Schafe zu besorgen und sie dort grasen zu lassen – und schwuppdiwupp! sind wir mehr als die Hälfte der Plackerei mit einem Streich los! Na, wie findest du das?“

Dagmar starrte ihren Bruder einen Augenblick sprachlos und mit großen Augen an. Dann verzog sich ihr Gesicht zu einem breiten Grinsen. „Na klar, Schafe! Blökende, Unmengen Gras fressende Schafe!“ Sie schlug ihm die flache Hand anerkennend vor die Brust, daß es klatschte. „Irre!… Absolut irre!… Das ist *die* Idee des Jahrhunderts, Bruderherz!“

„Nun übertreib mal nicht gleich. Die Idee des Sommers reicht ja auch“, scherzte er und freute sich, daß Dagmar von seinem Vorschlag so begeistert war.

„Es gibt nur eine kleine Schwierigkeit“, fuhr Dagmar fort, und das strahlende Lachen wich einem skeptischen Ausdruck.

„Die Regierung“, erriet Axel. Die Regierung – damit

waren ihre Eltern gemeint.

Dagmar nickte. „So ist es. Wie bringen wir es ihnen bei, ohne daß sie merken, aus welcher Richtung der Wind weht? Wenn sie spitzkriegen, daß es uns nur darum geht, weniger Rasenmähen zu müssen, bekommen wir hier nie Schafe zu sehen. Da muß uns schon was Überzeugendes und Trickreiches einfallen."

Axel machte ein betrübtes Gesicht. „Vor allem dürfen wir nicht von den Schafen reden, bevor die ganze Wiese gemäht ist. Sonst erraten sie sofort, warum wir plötzlich so wild auf Schafe sind."

„Du meinst also, wir müssen erst mal weitermachen mit dieser Schinderei?"

Axel nickte stumm.

„Mist!"

Axel versuchte sie aufzumuntern. „Du kannst jetzt fahren, während ich den Rechen nehme. Und wenn wir es richtig anstellen, war es das letztemal, daß wir eine Wiese gemäht haben, die halb so groß wie ein durchschnittliches Königreich ist."

„Woher willst du denn wissen, wie groß ein durchschnittliches Königreich ist?" fragte Dagmar. Doch der finstere Ausdruck war von ihrem Gesicht verschwunden.

„Verdammt groß, sonst wäre es ja kein Königreich", erwiderte Axel mit unschlagbarer Logik und holte sich den Rechen.

Sie brauchten noch anderthalb Stunden, um die Wiese rund ums Haus und am Hang zu mähen. Axel hatte sich so angestrengt, daß er das Gefühl hatte, jeden Augenblick müßten ihm die Arme abfallen. Aber dann war es endlich geschafft! Das Anwesen auf dem Hügel sah wieder gepflegt aus, und sie konnten den knatternden und dröhnenden Rasenmäher in den Holzschuppen fahren, wo sich schon die Scheite für die Winterfeuerung hoch auftürmten.

„Komm, wir gehen baden!" schlug Dagmar vor. Und im Handumdrehen hatten sie ihre Badesachen angezogen und rannten über die frisch gemähte Wiese zum Bootshaus hinunter. Ben und Jenny gaben nun ihre dösende Weltbetrachtung auf. Hier schien es Spaß zu geben! Sie jagten hinter den Kindern her, holten sie ein, sprangen freudig bellend an ihnen hoch und rannten ihnen voraus.

Unter fröhlichem Geschrei liefen Dagmar und Axel über den Anlegesteg – und sprangen dann ins erfrischende Naß.

Ben und Jenny brauchten keine besondere Einladung, um ihnen zu folgen. Ben war ja von Natur aus ein leidenschaftlicher Schwimmer, und er stürzte sich geradezu in die Fluten, während Jenny es ruhiger angehen ließ und erst einmal bis zum Bauch in den See watete.

„Jetzt fängt das schon wieder an!" stöhnte Dagmar. Doch ihre Augen lachten dabei, als Ben sofort auf sie zuschwamm und darauf bestand, daß sie ihn in den Arm nahm und trug. „Verkratz mir aber bloß nicht meinen neuen Badeanzug!"

Ben schmiegte sich zufrieden in ihre Arme, schüttelte sich das Wasser aus den Ohren und schleckte seinem Frauchen übers Gesicht.

„Schluß jetzt!" Dagmar stieß ihn von sich und versuchte ihm schwimmend zu entkommen. Doch Ben nahm sofort die Verfolgung auf. Er war ein ausdauernder und schneller Schwimmer, wenn es auch recht putzig aussah, wie er mit seinen Pfoten durch das Wasser planschte.

„Das ist Entenfreistil!" spottete Axel gutmütig und kam seiner Schwester zu Hilfe. Er lenkte Ben ab, indem er ein

Stöckchen warf. Das war Bens liebstes Spiel. Mit wahrer Leidenschaft apportierte er den Stock und brachte ihn dem Werfer zurück.

Doch was er gar nicht mochte, war, wenn Axel den Stock selber mit den Zähnen festhielt und einfach untertauchte. Dann schwamm er völlig verstört im Kreis und versuchte auf geradezu herzerweichend tolpatschige Weise nach unten zu blicken und zu sehen, wo Axel geblieben war. Tauchte der nicht sofort wieder auf, begann Ben laut zu bellen und die Backen aufzublasen, als wollte er aller Welt verkünden, daß sein Herrchen verschwunden oder in größter Gefahr sei. Kam Axel dann endlich wieder an die Oberfläche und zog ihn am Schwanz, schoß Ben regelrecht auf ihn zu und war vor Freude so außer sich, daß Axel schon mal ein paar Kratzer abbekam, wenn er nicht achtgab. Jenny dagegen beteiligte sich nicht so gern an diesen Spielen. Sie schwamm ein wenig, kehrte aber meist schnell wieder ins flache Wasser zurück, wo sie stehen konnte. Kam Ben in ihre Nähe, balgte sie sich ausgelassen mit ihm. Doch im tiefen Wasser verhielt sie sich wie jemand, der weiß, daß er sich nicht in seinem Element befindet – und diesem fremden Element nicht von der Pfote bis zur Schnauze traut.

„Schade, daß Terry und Steve nicht hier sind", sagte Axel. „Dann hätten wir Reiterkampf spielen können."

„Es gibt jetzt Wichtigeres als Reiterkämpfe", erwiderte Dagmar, watete ins flache Wasser und setzte sich auf den Bootssteg, um sich von der Sonne trocknen zu lassen. „Wir müssen uns etwas wegen der Schafe einfallen lassen."

Axel setzte sich neben seine Schwester, und sofort kamen auch Ben und Jenny zu ihnen auf den Bohlensteg. Natürlich mußten sie sich ausgerechnet direkt neben ihnen schütteln, um das Wasser aus dem Fell zu bekommen. Doch dann legten sie sich brav zwischen sie und ließen sich kraulen.

Eine Weile blickte Axel grübelnd auf das klare Wasser des Bibersees, auf dessen ruhiger Oberfläche sich das Sonnenlicht glitzernd brach. Einige Blätter und der Stock, mit dem Ben gespielt hatte, trieben mit der Strömung gemächlich am Bootssteg vorbei. Die Fische, die abends und morgens dicht unter der Oberfläche schwammen und immer wieder mal aus dem Wasser schnellten, wenn sie verfolgt wurden, waren jetzt, um die Mittagszeit, tief hinabgetaucht, wo das Wasser kühler war. Erst gegen Abend würden sie wieder nach oben steigen. Das war im Sommer die beste Zeit zum Angeln.

„He, du hörst mir ja gar nicht zu!“ beschwerte sich Dagmar, die einen unmöglichen Vorschlag nach dem anderen gemacht hatte, wie sie denn die Anschaffung der Schafe begründen sollten.

„Klar hab’ ich zugehört!“ beteuerte Axel, was nicht ganz der Wahrheit entsprach.

„Und? Was meinst du?“

„Alles dummes Zeug!“ urteilte Axel pauschal. „Das ist doch alles an den Haaren herbeigezogen. Sie werden den Braten sofort riechen.“

Dagmar fuhr beleidigt auf. „Ach nee! Hast du vielleicht einen besseren Vorschlag auf Lager?“

Axel grinste. „Ja.“

„Und der wäre?“

„Na, wir sagen ihnen einfach, wie es ist!“

Dagmar sah ihn verständnislos an. „Soll das ein Witz sein?“

„Ganz und gar nicht. Paps wird das bestimmt verstehen.

Außerdem haben sie uns doch versprochen, daß wir hier auf der Farm viele Tiere haben könnten. Eine Farm ohne Tiere ist überhaupt keine richtige Farm, das hat Paps selbst gesagt."

Dagmar machte eine skeptische Miene. „Na, ob er sich daran wohl noch erinnert... oder erinnern will?"

Axel sprang auf. „Komm, fragen wir ihn."

Sie kehrten zum Farmhaus zurück, zogen sich schnell um und suchten dann ihren Vater auf. Rolf Hellwig saß in seinem Arbeitszimmer an der Schreibmaschine. Vor ihm auf dem Schreibtisch türmten sich Fachbücher, Dokumente und Dutzende von Karteikarten, die mit Notizen eng beschrieben waren. Er war mitten in der Arbeit zu einem neuen populärwissenschaftlichen Sachbuch über die Indianerkriege. Amerikanische Geschichte war sein Fachgebiet. Aus diesem Grund hatte er auch früher schon viele Reisen in die USA gemacht und sich dann spontan entschlossen, diese abgelegene Farm im Herzen von Virginia zu kaufen. Hier hatte er die Ruhe und Abgeschiedenheit, die er zum Schreiben brauchte. Dennoch war Washington mit seiner weltberühmten Kongreßbibliothek nur ein paar Autostunden entfernt. Und wenn kurze Informationsreisen in den amerikanischen Westen, Norden oder Süden nötig waren, dann ging das von hier aus bedeutend einfacher und billiger als von Frankfurt aus. Außerdem liebte er es, in diesem großen, freien Land zu leben, das zwar auch seine negativen Seiten hatte, in dem seiner Ansicht aber die positiven Seiten die negativen immer noch bei weitem überwogen.

„Vati?" machte sich Axel bemerkbar und schob die nur angelehnte Tür zum Arbeitszimmer auf.

„Wenn er brummig ist, sagst du kein Wort!" raunte

Dagmar ihrem Bruder hastig zu. Ihr Vater haßte nämlich nichts so sehr, wie beim Schreiben gestört zu werden. Tat man es dennoch, konnte er ganz schön aus der Haut fahren.

Rolf Hellwig hörte auf zu tippen, drehte sich in seinem Schreibtischstuhl um und nahm die Brille von der Nase, die er zum Schreiben brauchte. „Na, gibt es schon Essen?“ fragte er gutgelaunt, denn er hatte an diesem Vormittag mehr geschafft als erhofft. „Ihr habt bestimmt einen Mordshunger, nachdem ihr heute schon so schwer gearbeitet habt. Die Wiese sieht jetzt wieder prächtig aus!“

„Nein, Mutti ist noch im Garten“, sagte Dagmar, erleichtert, daß ihr Vater so guter Stimmung war. „Aber das mit der Wiese war ein ganz schönes Stück harte Arbeit.“ Sie stieß Axel an, damit er auch etwas sagte.

„Ja, Daggi hat recht. Irgendwie ist es doch blöde, daß wir zweimal die Woche auch die große Wiese am Hang mähen. Die könnte man doch viel besser nutzen“, sagte Axel.

Rolf Hellwig hob neugierig die Augenbrauen. „So? Wie denn?“

„Na, wir könnten eine kleine Schafherde halten!“ platzte Axel heraus.

„Schafe?“ echote sein Vater.

„Wär' das denn nicht toll?“ sprudelte Dagmar hervor, bevor ihr Vater noch etwas dazu sagen konnte. „Schafe sind ganz anspruchslose Tiere, und die Wiese ist irre groß. Schatten und Wasser hätten sie auch. Und wir bekämen sogar ihre Wolle. Ich wollte schon immer gern Spinnen lernen.“

„Dazu brauchst du aber keine Wolle“, spottete Axel.

„Langsam, langsam!“ rief Rolf Hellwig und hob lachend die Hände. „So etwas will gut überlegt sein...“

„Aber du hast doch selbst gesagt, daß eine Farm ohne Tiere nicht viel taugt... und eben keine richtige Farm ist", bohrte Axel sofort nach. „Und wo wir doch genug Platz haben..."

„Schafe, na ja... Gras genug zum Fressen hätten sie ja wirklich. Aber da gibt es bestimmt noch eine Menge anderer Dinge zu bedenken. Wir sind nun mal keine geborenen Farmer, Kinder. Tierhaltung ist nicht so einfach", sagte ihr Vater unschlüssig. „Weiß Helga davon?"

Dagmar und Axel gingen auf diese kritische Frage erst gar nicht ein, wußten sie doch, daß die Sache geritzt war, wenn es ihnen nur gelang, ihren Vater hier und jetzt zu überreden, Schafe anzuschaffen.

„Ach, bitte, Paps!" bettelte Dagmar und legte die Arme um seinen Hals. „Wir werden schon für die Schafe sorgen, das versprechen wir dir. Nicht wahr, Axel?"

„Heiliges Ehrenwort!"

„Du brauchst dich wirklich um nichts zu kümmern", beteuerte Dagmar. „Und Schafe wären doch was Tolles. Paps, bitte sag ja!"

Rolf Hellwig konnte dem Ansturm seiner Kinder nicht länger widerstehen. Lachend und seufzend zugleich sagte er: „Also gut, ihr sollt eure Schafe bekommen. Aber ich werde euch immer an euer Versprechen erinnern!"

Dagmar und Axel fielen ihm um den Hals und erdrückten ihn fast. Bald würde es Zuwachs auf der Farm am Bibersee geben, und das elende Mähen und Rechen der großen Hangwiese würden endlich wegfallen! Um das Gras würden sich in Zukunft die perfekten Rasenmäher auf vier Beinen kümmern. Und statt eines knatternden, dröhnenden Motors würde es bestenfalls Blöken geben. Wenn das nicht ein echter Fortschritt war!

Schaf-Rodeo

Wenn die Spencer-Kinder nicht buchstäblich Augen und Ohren offengehalten hätten, wären Dagmar und Axel kaum so schnell zu den Schafen gekommen, wie das schließlich der Fall war. Ihr Vater hatte zwar seine grundsätzliche Zustimmung gegeben, verfolgte die Angelegenheit jedoch nicht gerade mit übermäßigem Einsatz.

„Es wird gar nicht so leicht sein, hier Schafe aufzutreiben", sagte er tags darauf voller Skepsis, als Axel und Dagmar wissen wollten, ob er denn schon etwas unternommen hätte. „Der alte Carlton kennt auch keinen Schafzüchter. Tja, das ist hier nun mal reines Rinderzuchtgebiet. Oder habt ihr schon mal irgendwo in der Nähe eine Schafherde gesehen?"

Dagmar und Axel mußten zugeben, daß sie nirgendwo auf den Weiden auch nur ein einziges Schaf gesehen hatten.

„Na, ich werde mich bei Gelegenheit mal umhören und sehen, was sich machen läßt. Außerdem muß die Weide ja erst richtig eingezäunt werden, bevor wir daran denken können, uns Schafe zuzulegen", sagte Rolf Hellwig und wandte sich wieder seiner Zeitung zu.

„Hast du das gehört? Vati will sich bei Gelegenheit mal umhören!“ sagte Dagmar enttäuscht, als sie mit ihrem Bruder allein war. „Weißt du, was das heißt?“

„Klar. Daß wir vielleicht noch den ganzen Sommer lang die blöde Wiese mähen müssen“, brummte er. „Aber da haben wir ja wohl auch noch ein Wort mitzureden, oder?“

„Und ob! Wir müssen das selber in die Hand nehmen.“

Axel verzog das Gesicht. „Okay, aber wie? Kannst du mir mal verraten, wie du einen Schafzüchter auftreiben willst?“

„Keine Ahnung“, räumte Dagmar ein. „Aber vielleicht wissen Terry und Steve, wo man hier Schafe bekommen kann. Komm, wir rufen sie gleich mal an!“

Die Spencer-Kinder fanden ihre Idee mit den Schafen toll, konnten ihnen aber auch nicht gleich helfen. Doch sie versprachen, sich bei ihren Bekannten umzuhören. Und das taten sie auch – und zwar mit Erfolg.

Vier Tage später, die Hellwigs saßen gerade beim Frühstück, rief Terry an. Sie hatten einen Schafzüchter ausfindig gemacht, der im Nachbartal wohnte, eine große Herde besaß und auch gewillt war, Tiere zu verkaufen.

Dagmar, die den Anruf entgegengenommen hatte, kehrte mit strahlendem Gesicht zum Frühstückstisch zurück. Den Zettel, auf dem sie sich Name, Adresse und Telefon des Schafzüchters notiert hatte, hielt sie hoch wie eine kostbare Siegestrophäe.

„Wir haben ihn!“ rief sie begeistert.

„*Wen* hast du?“ fragte ihre Mutter stirnrunzelnd, während Ben sofort Männchen machte, weil er den Zettel in Dagmars Hand für ein Leckerchen hielt.

„Den Schafzüchter! Er heißt Timothy Paddleton und verkauft Schafe! Fahren wir gleich los, Paps. Heute ist ein so schöner Tag, und je eher sich die Schafe bei uns eingewöhnen, desto besser!" sprudelte sie begeistert hervor. Und auch Axel redete nun auf seinen Vater ein.

Rolf Hellwig blickte ein wenig irritiert. „Hm, aber wir haben ja noch nicht einmal mit dem Einzäunen der Wiese begonnen", wandte er ein.

„Das macht doch nichts!" versicherte Axel.

„So? Willst du die Schafe einfach frei herumlaufen lassen?" fragte sein Vater spöttisch.

„Nein, wir können sie doch anpflocken und die Pflöcke jeden Tag versetzen, so daß sie immer an frisches Gras heran können. So brauchen wir uns mit dem Einzäunen nicht zu beeilen", erklärte Axel. Der verblüffte Gesichtsausdruck seines Vaters erfüllte ihn mit Stolz, denn er hatte diese Frage vorausgesehen und lange über die Antwort nachgedacht.

Helga Hellwig lachte über die Verblüffung ihres Mannes. „Ja, so kann man es wirklich machen. Ich weiß noch, daß meine Großmutter früher auch so ein paar Schafe gehalten hat."

Rolf Hellwig blickte von Dagmar zu Axel und zurück. „Ihr meint also, es muß unbedingt heute sein, ja?"

„Ja!" riefen Dagmar und Axel wie aus einem Mund.

„Na, dann gib mir mal den Zettel, damit ich diesen Timothy Paddleton anrufen und ihn nach dem Weg fragen kann", sagte ihr Vater, scheinbar schwer geplagt, doch in seinen Augen stand ein fröhliches Lächeln.

Keine halbe Stunde später brachen sie auf. Ben und Jenny wollten auch mit und waren sofort hinten auf die Ladefläche gesprungen, als Rolf Hellwig den Kleintransporter aus der Scheune geholt hatte.

„Nein, das geht heute absolut nicht. Diesmal müßt ihr

7 9656-8

hierbleiben!“ sagte Dagmar bedauernd, als Ben sie mit einem melancholischen Blick ansah, der einen Stein hätte erweichen können.

Helga Hellwig, die im Gemüsegarten arbeitete, hielt Ben und Jenny am Halsband fest, damit sie dem Truck nicht hinterherliefen. „Viel Spaß, und kommt mit ein paar hübschen Wollbündeln zurück!“ rief sie ihnen zu.

Dagmar und Axel stiegen zu ihrem Vater in den Truck, und los ging es. Die Fahrt führte sie durch eine herrliche, abwechslungsreiche Landschaft, die von blaugrünen Wäldern, sommerbunten Wiesen, sanften Hügelketten, klaren Bächen und idyllischen Farmen mit weißgestrichenen Zäunen beherrscht wurde.

Dagmar und Axel hatten für die zauberhafte Landschaft unter dem tiefblauen Himmel jedoch wenig übrig. An diesem Tag ging es ihnen nur darum, möglichst schnell ans Ziel zu kommen – und das war die Paddleton-Farm im benachbarten Bedford Valley.

„Wenn die Wegbeschreibung von Mister Paddleton stimmt, dann muß seine Farm gleich hinter dieser Bergkette liegen“, sagte Rolf Hellwig nach über anderthalb Stunden Fahrt, als der Truck mit knatterndem Auspuff eine gewundene, steile Straße hochkroch.

„Da ist das Bedford-Tal!“ rief Dagmar, als sie endlich die Bergkuppe erreicht hatten und der Blick ungehindert in die Weite schweifen konnte. In der Ferne erhob sich eine weitere Bergkette in den Himmel, die jedoch um einiges höher war als die soeben überquerte. Wie eine gewellte Festungsmauer, von blaugrünem Moos überwuchert, umschloß sie das weite Tal und verschwamm irgendwo im Nordwesten mit dem Horizont.

„Die Paddleton-Farm! Endlich!“ rief Axel wie erlöst, als

sie zehn Minuten später den Fuß des Passes erreicht hatten und das große, ein wenig verwitterte Schild entdeckten, das neben der Landstraße an einem galgenähnlichen Pfosten hing und nach rechts auf einen Feldweg wies. Dieser Feldweg führte zu einem Farmhaus, das einen halben Kilometer von der Landstraße entfernt auf der Kuppe eines kleinen Hügels stand.

„Mensch, hier gibt's ja jede Menge Schafe!“ rief Dagmar begeistert, als ihr Vater den Truck über den holprigen Weg zum Farmhaus lenkte. Auf den hügeligen, von zahlreichen Felsbrocken durchsetzten Weiden zu beiden Seiten des Hauptgebäudes trotteten die Schafe zu Dutzenden dahin, lagen im Schatten von vereinzelten Bäumen und Sträuchern oder drängten sich um Wassertröge und Salzlecken.

Mit glänzenden Augen blickte Axel zu den Schafen hinüber. Es waren viele Lämmer darunter, die neben den erwachsenen Tieren wie putzige Wollknäuel auf vier Beinen aussahen. Die Mehrzahl der Schafe waren hell in der Wolle, doch es gab auch einige mit dunkelbraunem Fell.

Als Rolf Hellwig vor dem Farmhaus hielt und den Motor abstellte, kam ein schwergewichtiger Mann aus der gegenüberliegenden Scheune. Er mochte um die Fünfzig sein, hatte rotes, krauses Haar und das Gesicht eines wohlgenährten Hamsters, in dem Augen, klein wie Knöpfe, fröhlich funkelten.

Rolf Hellwig ging auf ihn zu. „Mister Paddleton?“

„Mister nennt man mich noch nicht einmal auf der Bank. Nennen Sie mich Tim“, begrüßte ihn der Schafzüchter leutselig. Seine Stimme war so dunkel und volltönend, als käme sie aus einem großen Eichenfaß. Nun, so ganz falsch lag man nicht, wenn man seine mächtige Leibesmitte mit einem Faß verglich. Zu Dagmar und Axel gewandt fügte er hinzu: „Das gilt auch für euch, okay?“

„Okay!“ versicherten die Geschwister. Dieser Timothy Paddleton war ihnen auf Anhieb sympathisch.

„So, Sie wollen also Schafe kaufen“, sagte der Züchter.

„Ja, erst mal zwei“, sagte Rolf Hellwig.

„Nun, damit kann ich Ihnen dienen. Zur Zeit habe ich da draußen über zweihundert Stück.“

„Können wir uns die Schafe selber aussuchen?“ fragte Axel mit einem bittenden Unterton.

„Aber sicher doch! Ihr habt völlig freie Wahl – meinen Zuchtstamm mal ausgenommen. Natürlich werde ich euch beraten, aber ihr könnt schon sagen, welches Tier ihr haben wollt“, erklärte der Schafzüchter. „Und ihr werdet mir auch helfen müssen, die Tiere zu fangen, denn dummerweise bin ich heute ganz allein auf der Farm. Weder meine Frau noch einer meiner beiden Gehilfen ist da.“

„Ach, das machen wir schon!“ versicherte Dagmar eifrig.

„Na, ein Schaf zu fangen ist gar nicht so einfach“, erwiderte Timothy Paddleton. „Und das sage ich nicht etwa deshalb, weil ich selbst nicht mehr der Flinkeste bin, wie ihr ja wohl unschwer erraten könnt, hm?“ Er klatschte auf seinen Bauch und zwinkerte ihnen zu. „Aber kommt und schaut euch erst mal meine Tiere an. Das Einfangen schaffen wir dann auch noch.“

Sie gingen durch ein Weidegatter, das Timothy sorgfältig hinter ihnen schloß, und stiegen einen sanft ansteigenden Hang hoch. Die Schafe nahmen sofort Reißaus, als sie in ihre Nähe kamen.

„Wollen Sie sich mit der Zeit eine eigene kleine Herde aufbauen?“ fragte der Schafzüchter und pfiff seinen Hund herbei, ein schwarzes, zotteliges Tier, das mit gespitzten Ohren, erwartungsvollem Blick und wedelndem Schwanz zu seinem Herrchen aufschaute. „Ja, bei Fuß, Pancho. Gleich gibt es Arbeit."

„Ich weiß nicht...", begann Rolf Hellwig.

„Klar wollen wir eine eigene Herde!" rief Dagmar sofort. „Stell dir doch mal vor, Vati, eigene Lämmer..."

Rolf hob die Schultern und sagte zu dem rothaarigen Schafzüchter: „Sie haben es gehört. Die beiden Schafe sollen also der Beginn einer eigenen Herde sein."

Tim lachte. „Gut, dann brauchen Sie natürlich auch einen Bock."

„Wir nehmen ein helles und ein braunes Schaf!" schlug Axel vor.

„Ich habe da ein paar braune Böcke, sechs Monate alt. Das wäre genau das Richtige für Sie. Die können wir uns gleich anschauen. Doch jetzt sucht euch erst mal eines von den Schafen hier aus. Sind alle noch kein halbes Jahr alt und für eine Aufzucht prächtig geeignet. So, Kinder, welches soll es denn sein?"

Dagmar und Axel umkreisten die Herde, die aus etwa fünfzig Tieren bestand, mehrmals. Die Wahl fiel ihnen schwer, zumal sie ein Tier in der Menge schnell aus den Augen verloren.

Schließlich aber einigten sie sich auf ein Schaf, dessen Wolle eierschalenweiß war und bis zur kurzen Schnauze reichte. Um die Augen herum war die Wolle jedoch dunkel, fast schwarz, was mit den gleichfalls dunklen Ohren einen hübschen Kontrast bildete.

„Das da!" rief Dagmar dem rothaarigen Züchter zu und deutete auf das Schaf, das am Rande der Herde stand und verstört zu ihnen herüberblickte.

„Also, dann stellt euch mal unten bei der Scheune auf, wo der Zaun mit der Wand ein spitzes V bildet!" rief der

Schafzüchter ihnen zu und wies auf die entsprechende Stelle am Fuße des Hügels. „Ich werde zusammen mit eurem Vater und Pancho das Schaf von der Herde trennen und zu euch hinuntertreiben. Wenn es an euch vorbeigerannt ist und in der Falle sitzt, müßt ihr es schnappen."

„Aber wie sollen wir es denn festhalten?" fragte Dagmar aufgeregt.

„Na, mit den Händen natürlich! Packt nur kräftig in die Wolle und versucht es auf den Rücken zu schmeißen. Dann gibt ein Schaf sofort auf und ist lammfromm. So, und jetzt lauft runter!"

„Himmel, das klingt ja nach einem echten Rodeo wie im Wilden Westen!" meinte Axel begeistert und lief mit seiner Schwester zu dem Zaunstück hinunter, das mit einer der Längswände der Scheune ein gut zwanzig Meter tiefes V bildete und als Falle für das Schaf dienen sollte.

„Ja, ein Schaf-Rodeo! Hoffentlich blamieren wir uns nicht", sorgte sich Dagmar.

Es war gar nicht so einfach, ein einzelnes und zudem noch ganz bestimmtes Schaf mitten aus der Herde zu holen, es von den anderen abzusondern und dann auch noch von seinen Artgenossen wegzutreiben.

Dagmar und Axel beobachteten mit einer Mischung aus Belustigung und Anspannung, wie ihr Vater zusammen mit dem schwergewichtigen Schafzüchter und dem zotteligen Pancho hin und her rannte, die Arme wild schwenkte und das eine Schaf von den anderen zu trennen versuchte. Es schien ein vergebliches Unterfangen zu sein.

Unter lautem Blöken galoppierte die Herde davon, schlug einen Haken, als Pancho auf die Flanke zuschoß, und jagte oben parallel zum Zaun dahin. Wie ein schwarzer Blitz sauste er um die Herde herum, die aus der

Entfernung einem Meer wogender Wolle glich.

„Mensch, die sind ganz schön schnell und können Haken schlagen wie die Hasen!“ stellte Axel beeindruckt fest, als er sah, wie die Schafe in wilden Sprüngen flüchteten. Die beiden Erwachsenen dagegen liefen recht tolpatschig hinter ihnen drein, stolperten so manches Mal über Grasnarben und Felsgestein, das überall aus der Erde trat und von Schafköteln übersät waren. Solche Steine waren die reinste Rutschbahn.

„Ja, schnell, aber auch ganz schön dumm!“ meinte Dagmar lachend. Sie deutete auf zehn, zwölf Schafe, die es sich scheinbar in den Kopf gesetzt hatten, den soliden Maschendrahtzaun zu durchbrechen. Sie rannten nämlich geradewegs mit gesenktem Kopf gegen den Zaun, wurden von ihrer eigenen Wucht von den Beinen gerissen und versuchten es im nächsten Moment an einer anderen Stelle erneut. Sie begriffen in ihrer Panik offenbar nicht, daß es dort kein Durchkommen gab.

„Paß auf!“ schrie Axel, der auf der rechten Seite des V Aufstellung genommen hatte, etwa zehn, fünfzehn Meter von seiner Schwester entfernt. „Sie haben es geschafft! Da kommt unser Schaf!“

Es war ihrem Vater und Timothy Paddleton endlich gelungen, das von Axel und Dagmar ausgewählte Schaf von der Herde zu trennen. Und während Pancho die Herde in Schach hielt, trieben Rolf Hellwig und Timothy Paddleton das total verängstigte Geschöpf den Hang hinunter – und geradewegs auf sie zu.

„Jetzt geht es um die Wurst!“ rief Dagmar aufgeregt.

Im nächsten Augenblick rannte das Tier durch die Lücke zwischen den Geschwistern hindurch – und lief, ohne abzustoppen, gegen den Maschendraht. Der federnde Zaun schleuderte das Schaf zurück und warf es zu Boden, wo es einen Moment benommen liegenblieb.

„Festhalten!" gellte Paddletons Stimme von weitem, und er wankte wie eine lebende Tonne über die Wiese.

„Los! Drauf!" feuerte Axel seine Schwester an, die dem Schaf am nächsten war.

Dagmar schluckte schwer, lief auf das Tier zu und streckte schon mutig die Hände nach ihm aus – als das Schaf sich aufrappelte, einen blökenden Schrei von sich gab und direkt auf sie zurannte. Erschrocken wich sie zurück, stolperte und ging zu Boden, während das Schaf an ihr vorbeihetzte.

Axel war gleichzeitig mit seiner Schwester in die Ecke des Weidestückes gerannt. Als er Dagmar stürzen und das Tier zwei, drei Schritte von sich entfernt vorbeilaufen sah, handelte er, ohne lange zu überlegen. Er warf sich dem flüchtenden Schaf mit weit ausgestreckten Armen in den Weg, in der Hoffnung, es packen zu können.

Und er hatte Glück. Er bekam Wolle zu fassen, grub seine Finger in das weiche, dichte Fell und hielt mit aller Kraft fest. Das Schaf zog ihn ein paar Meter durch das Gras, dann knickte es in den Hinterläufen ein und fiel auf die Seite.

„Nicht loslassen! Bloß nicht loslassen!" schallte Timothy Paddletons tiefe Stimme über die Wiese, begleitet von Rolf Hellwigs Lachen.

Axel dachte auch gar nicht daran, das Schaf loszulassen. Es tat ihm zwar leid, daß es so verängstigt war, aber fangen mußten sie es schließlich. Später würde es schon begreifen, wie gut das Schafleben auf der Farm am Bibersee war!

Dagmar kam ihm schneller zu Hilfe als der dicke Schafzüchter, der ganz außer Atem war, als er sie erreicht hatte. „Na, das habt ihr doch ganz fabelhaft hingekriegt", lobte er, zog ein langes Stück Kordel aus der Hosentasche und band dem Tier die Hufe zusammen. Dann ging er in die Scheune und kam mit einem Ballen Stroh wieder. Damit legten sie die Ladefläche des Trucks aus, damit die Tiere es auch schön weich hatten während der Fahrt.

„So, und nun zu eurem Bock", sagte Paddleton, nachdem er das Schaf zum Kleintransporter getragen und in das Strohbett gelegt hatte.

Die Jungböcke mit dem dunkelbraunen Fell hatten eine Weide für sich. Dagmar und Axel suchten sich wieder ein hübsches Tier aus – und das lustige Schaf-Rodeo wiederholte sich. Aber schließlich bekamen sie auch ihren Bock zu fassen, und mit locker zusammengebundenen Hufen legte ihn Timothy Paddleton neben das Weibchen ins Stroh. Dann verschwand er kurz in der Scheune und kam mit einem Korb Äpfel zurück. „Als kleine Wegzehrung für die beiden", sagte er und deutete auf die völlig verängstigten Schafe. „Nach Äpfeln sind Schafe nämlich ganz verrückt."

Rolf Hellwig zückte das Scheckbuch und schrieb einen Scheck aus, während der dicke Schafzüchter ihm noch einige Tips gab, wie die Tiere zu behandeln seien. „... und wenn irgend etwas ist, zögern Sie nicht, mich anzurufen. Ich helfe Ihnen jederzeit", versicherte er, und die beiden Männer schüttelten sich die Hände.

„Wir fahren hinten auf der Ladefläche mit", verkündete Dagmar, nachdem Rolf Hellwig seine Kinder aufgefordert hatte einzusteigen. „Die armen Tiere sterben doch sonst vor Angst. Und du darfst auch nicht so schnell fahren, sonst kriegen sie vom Fahrtwind vielleicht eine Lungenentzündung."

Rolf Hellwig zögerte kurz. „Gut, wie ihr wollt. Aber während der Fahrt wird da hinten nicht rumgeturnt, sonst kommt ihr sofort nach vorn!“

„Klar doch, Paps!“ Axel kletterte mit seiner Schwester auf die Ladefläche und setzte sich zu den Schafen ins Stroh, mit dem Rücken gegen das Fahrerhaus. So saßen sie einigermaßen im Windschatten. Sie zogen den Korb mit den Äpfeln zu sich heran, winkten dem dicken Timothy Paddleton noch einmal zu, und dann rumpelte ihr uralter Truck vom Hof des Schafzüchters.

Heribert behauptet sich

„Ist ja gut... Wir tun euch doch nichts... Vor uns braucht ihr wirklich keine Angst zu haben. Wir werden alles tun, damit ihr es gut bei uns habt", redete Dagmar mit beruhigender Stimme auf die beiden Schafe ein, während der Truck gemütlich über die Landstraße zuckelte.

Axel streckte die Hand nach dem braunen Bock aus und fuhr ihm liebevoll über die Schnauze. „Du, hast du mal gefühlt, Daggi?" fragte er überrascht. „Fühlt sich richtig samtweich an, wo keine dicke Wolle ist." Er strich ihm auch über die seidenweichen Ohren.

„Wollt ihr einen Apfel?" fragte Dagmar, holte zwei Äpfel aus dem Korb und legte sie vor ihnen ins Stroh. Doch die beiden Schafe beäugten sie nur mißtrauisch und versuchten sich von ihren Fesseln zu befreien.

„Du, wie nennen wir die beiden überhaupt?" fragte Axel und bediente sich aus dem Äpfelkorb.

„Hm...", Dagmar überlegte, nahm sich auch einen Apfel und rieb ihn an ihrem T-Shirt blank. „Wie wär's mit Bobby für den Bock und..."

„Bobby?" fiel Axel ihr ins Wort. „Nee, ich finde, das paßt nicht. Die müssen lustige Namen kriegen."

„Willst du sie vielleicht Dick und Doof nennen? Oder Pat und Patachon?"

Axel grinste. „Natürlich nicht. Irgendwie anders... Ein Name, der auch zu einem Schaf paßt."

Nachdenklich blickte Dagmar den braunen Bock an und lachte plötzlich auf. „Weißt du, an wen er mich erinnert?" fragte sie.

„Bin ich Gedankenleser?"

„An unseren alten Geo-Pauker in Frankfurt! Den, der immer auf Schweizerdeutsch von der Schönheit der Alpen und der Almen gesäuselt hat, weißt du noch?"

Axel lachte auf. „Klar, Heribert Wiemer!"

„Genau! Der guckte doch immer so gutmütig wie ein Schaf aus der Wäsche, oder?"

Axel nickte. „Du, das ist es! Wir nennen den Bock Heribert!"

Dagmar war sofort damit einverstanden. Irgendwie schien der Name wie geschaffen für den braunen Schafbock. Und im Handumdrehen einigten sie sich auch auf den Namen für das andere Schaf: Hermine.

Etwa nach einer Stunde Fahrt schienen die beiden Schafe zu der Überzeugung gelangt zu sein, daß es keinen Grund mehr gab, Angst zu haben. Vielleicht war aber auch der Geruch der Äpfel auf die Dauer zu verlockend, um ihnen zu widerstehen. Auf jeden Fall beugte sich Heribert vor und biß herzhaft in den vor ihm im Stroh liegenden Apfel, was Hermine ihm sofort nachmachte.

Dagmar und Axel empfanden das wie einen Sieg, strahlten zufrieden und machten es sich im Stroh bequem. Bald hatten sie das Gefühl, daß sich die Tiere an sie gewöhnt hatten. Sie kuschelten sich an die Schafe und hätten nichts dagegen gehabt, wenn die Fahrt zurück zur Farm doppelt so lange gedauert hätte. Es war herrlich, auf der Ladefläche im Stroh zu liegen, sich den leichten Fahrtwind um die Nase wehen zu lassen, mit den Schafen die Äpfel zu teilen und faul in den strahlenden Sommertag zu schauen.

Rolf Hellwig machte auf der Rückfahrt bei einem großen Geschäft für Farmer halt, um Halsbänder, Eisenpflöcke, lange Ketten, einen Wassertrog und einen Salzblock zu kaufen. Von dort aus waren es dann nur noch zehn Minuten bis zu ihrer Farm auf der Halbinsel am Bibersee.

„Ob sich Ben und Jenny mit ihnen vertragen?" fragte Dagmar besorgt, als ihr Vater von der Landstraße abbog und dem sandigen Weg folgte, der zu ihrem abgelegenen Zuhause führte.

„Wenn sie sich mit Katzen vertragen, werden zwei Schafe doch wohl keine Probleme machen!" antwortete Axel im Brustton der Überzeugung.

Doch das war ein großer Irrtum...

Als der blaue Chevy-Truck vor dem Farmhaus hielt, kamen Ben und Jenny angeschossen. Laut und wütend bellend sprangen sie an der Ladeklappe hoch. Sie rochen die beiden fremden Vierbeiner mehr, als daß sie sie sehen konnten. Aber das genügte wohl schon, denn was sie auf „ihrer" Farm so Fremdartiges rochen, gefiel ihnen offensichtlich ganz und gar nicht. Es stank ihnen zum Himmel – im wahrsten Sinne des Wortes. Sie waren so wild und außer Rand und Band, daß dagegen die Begrüßung der

Katzen vor ein paar Wochen im nachhinein ausgesprochen herzlich erschien.

Ben und Jenny kläfften sich förmlich die Kehle aus dem Leib, während Bodo und Midnight die ungewöhnliche Szene vom tiefhängenden Ast des nächsten Walnußbaums aus beobachteten.

„Ben!... Jenny!... Hört auf mit dem Theater!“ rief Dagmar und sprang von der Ladefläche, um die Hunde zu beruhigen. Doch diesmal schienen weder scharfe Worte noch gutes Zureden etwas zu bewirken. Letztendlich blieb ihnen gar nichts anderes übrig, als sie vorübergehend an die Kette zu legen.

„Mensch, vielleicht bleibt uns das Rasenmähen doch noch erhalten“, meinte Axel düster.

„Die werden sich schon alle aneinander gewöhnen“, erwiderte Dagmar, doch sehr überzeugend klang das nicht.

Rolf Hellwig trug die Schafe einzeln vom Truck, legte ihnen Halsbänder um und pflockte sie hinter dem Haus auf der großen Wiese an, und zwar so, daß sie sich mit ihren etwa sechs Meter langen Ketten nicht verheddern konnten.

Dagmar und Axel schleppten den Wassertrog und den Salzstein herbei und stellten beides so auf, daß Heribert und Hermine es gut erreichen konnten.

Dann machten sie Ben und Jenny los. Noch bevor Dagmar Ben ermahnen konnte, sich anständig zu benehmen, schoß er zwischen ihren Beinen hindurch und jagte zur Wiese hinüber, wo Heribert und Hermine gerade die ersten Grashalme in sich hineinschlangen. Jenny folgte ihm auf dem Fuß.

„Nichts wie hinterher!“ schrie Axel erschrocken. „Sonst fließt gleich Blut!“

Heribert sah die beiden Hunde heranjagen, vergaß das herrlich saftige Gras und fuhr herum, stemmte sich mit den Hinterhufen in die Erde und hob den rechten Vorderhuf in einer drohenden Gebärde.

Ben war so überrascht, daß der Bock nicht die Flucht vor ihm ergriff, sondern ihm die Stirn bot, daß er zwei, drei Meter vor ihm abstoppte – und sich erst einmal wieder aufs Kläffen verlegte. Jenny stimmte ein.

„Hört auf damit, verdammt noch mal!" herrschte Dagmar die Hunde an, vom Laufen außer Atem. „Euch wegen zwei wehrlosen Schafen so aufzuregen..."

Kaum hatte Dagmar das gesagt, als Heribert den Beweis antrat, daß er alles andere als wehrlos war. Er stand nahe an seinem Pflock – und stürmte plötzlich aus dem Stand los. Mit gesenktem Kopf rannte er auf Ben zu, der ein wenig seitlich neben ihm stand und zu Dagmar aufblickte.

„Achtung! Heribert greift an!" schrie Axel und glaubte seinen Augen nicht trauen zu dürfen.

Doch bevor Dagmar reagieren konnte und Ben wußte, wie ihm geschah, war es schon passiert. Heribert rammte ihn in die Seite. Ben wurde regelrecht von den Beinen gehoben, machte einen Purzelbaum im hohen Gras und setzte sich dann ganz verdattert auf. Er machte einen so fassungslosen Eindruck, daß Dagmar und Axel unwillkürlich loslachten.

„Das geschieht dir ganz recht", sagte Dagmar, hockte sich aber dennoch zu ihm und kraulte ihm versöhnlich die Brust. „Heribert ist ein echter Schafbock, mein Lieber, und solche Frechheiten läßt er sich eben nicht ungestraft gefallen. Ich hoffe, du nimmst dir das zu Herzen, Ben, und verträgst dich schnell mit den beiden."

„Das gilt auch für dich", sagte Axel zu Jenny, die mit zur

Seite geneigtem Kopf zugeschaut hatte, wie Ben seine Abreibung von diesem dunkelbraunen, wolligen Vierbeiner verpaßt bekommen hatte.

Den ganzen Nachmittag verbrachten Dagmar und Axel mit ihren Hunden bei den Schafen, um sie aneinander zu gewöhnen. Als die Sonne unterging, waren die vier zwar noch keine Freunde geworden, doch sie tolerierten einander.

„Ich glaube, es wird alles gut... und uns bleibt eine Menge Rasenmähen erspart", sagte Axel schmunzelnd und deutete auf den Wassertrog. Heribert und Hermine standen auf der einen Seite, Ben und Jenny auf der anderen. Und alle vier schleckten durstig das kühle Naß. Sie beäugten sich zwar, aber keiner versuchte den anderen zu vertreiben.

„Ich wußte ja, daß sie sich schließlich doch vertragen würden..., weil Ben ein so gutmütiger Hund ist. Das Gebell war bloß reines Imponiergehabe."

„Aber bei unserem Heribert hat das nicht verfangen", sagte Axel lachend. „Na ja, jetzt ist alles gut. Wegen der Schafe brauchen wir uns keine Sorgen mehr machen. Morgen werden sie sich hier schon wie zu Hause fühlen..."

Axel ahnte nicht, wie sehr er sich schon wieder irrte...

Spurlos verschwunden!

Jäh fuhr Axel aus dem Schlaf, als die Tür aufgerissen wurde und Dagmar in sein Zimmer stürzte. Sie rief ihm etwas zu, was er in seiner Benommenheit nicht gleich mitbekam. Verstört saß er aufrecht im Bett und blinzelte in das helle Sonnenlicht, das durch den Gardinenspalt ins Zimmer fiel.

„Sag mal, hast du sie noch alle?" fragte er ungehalten, als sein Blick auf den Wecker fiel. „Es ist noch keine..."

Dagmar fiel ihm ins Wort. „Himmel, hast du Tomaten auf den Ohren?" stieß sie aufgeregt hervor. „Heribert und

8 9656-8

Hermine sind verschwunden!"

Verständnislos starrte er sie an. „Waaas?" fragte er gedehnt und gähnte.

„Ja, verschwunden! Weg! Ausgerissen sind sie!" sprudelte Dagmar hervor.

„Heiliger Schafkötel, das darf nicht wahr sein! Sie waren doch angepflockt..."

„Es ist aber wahr. Die Pflöcke sind noch in der Erde, mit den Ketten! Doch die Verschlüsse am Halsband sind aufgebogen! Und jetzt sind die beiden verschwunden! Wir müssen sie suchen, Axel! Mein Gott, wenn ihnen was passiert ist..." Dagmar war ganz bleich im Gesicht vor Sorge um ihre beiden Schafe.

Axel, nun hellwach, sprang mit einem Satz aus dem Bett. „Keine Sorge, sie werden bestimmt nicht weit sein", tröstete er seine Schwester und hoffte, daß er mit seiner Vermutung richtig lag.

Es war noch früh am Morgen, und als Dagmar und Axel nun die Treppe aus dem Obergeschoß hinunterpolterten, wachten ihre Eltern auf.

„Himmeldonnerwetter, was hat denn dieser Lärm zu bedeuten?" tönte es aus dem Elternschlafzimmer.

„Die Schafe sind ausgerissen!"

Keine zehn Minuten später war die ganze Hellwig-Familie auf den Beinen und suchte das Gebiet rund um das Farmhaus nach den beiden Ausreißern ab. Ben und Jenny waren auch mit von der Partie und hielten das Ganze für einen frühmorgendlichen Spaß.

Doch von Heribert und Hermine fand sich nicht die geringste Spur. Enttäuscht, ja geradezu betroffen kehrten sie ins Haus zurück, um zu überlegen, wie sie am besten vorgehen sollten.

„Ist doch ganz klar!" verkündete Axel. „Wir müssen die gesamte Halbinsel durchkämmen, so etwas wie eine Treibjagd veranstalten."

„Ja, etwas anderes bleibt uns wohl kaum übrig", sagte sein Vater und ging zum Telefon, um Carlton zu benachrichtigen und ihn um Hilfe zu bitten.

Doch zu dieser „Treibjagd" kamen nicht nur der alte Carlton, sondern auch Jeff, Steve und Terry. Sie bildeten eine weit auseinandergezogene Linie mit einem Abstand von zwanzig Metern untereinander. Ben und Jenny begleiteten sie.

„Vielleicht finden die Hunde eine Spur von Heribert und Hermine", hoffte Dagmar inständig, als sie damit begannen, die mehrere Quadratkilometer große, dichtbewaldete Halbinsel zu durchkämmen.

Stunde um Stunde streiften sie durch das Gebüsch und Unterholz des Waldes. Mehrmals schlugen Ben und Jenny an und jagten los, und jedesmal waren Axel und Dagmar sicher, daß sie diesmal endlich die Ausreißer gewittert hatten. Doch ihre freudige Hoffnung wurde stets enttäuscht: Einmal jagten Ben und Jenny ein Eichhörnchen auf einen Baum, dann versuchte Jenny vergeblich, ein Kaninchen aus seinem Bau zu buddeln, und beim dritten falschen Alarm war Ben auf eine Spur gestoßen, die in ein Gebüsch führte, unter dem sich eine kleine Schildkröte verkrochen hatte.

„Du bist mir ein schöner Jagdhund, Ben!" beklagte sich Dagmar. „Jede dumme Schnecke stöberst du auf, aber die Spur von Heribert und Hermine findest du nicht! Oder willst du vielleicht gar nicht?" fragte sie mit plötzlich erwachtem Mißtrauen.

Ben wedelte mit dem Schwanz und leckte ihre Hand als

Zeichen seiner Freude und Zuneigung, während Dagmar wünschte, die Gedanken eines Hundes lesen zu können.

Sie suchten bis weit in den Mittag hinein, doch ohne Erfolg. Müde, verschwitzt und niedergeschlagen kehrten sie zur Farm zurück. Carlton und Jeff konnten nicht länger bleiben, doch sie versprachen, die Nachbarn zu informieren.

Am Nachmittag unternahmen sie dann noch eine zweite Suchaktion, doch auch diese brachte nichts ein. Heribert und Hermine blieben spurlos verschwunden.

„Diese Halbinsel ist einfach zu groß und zu stark bewaldet, um sie mit so wenigen Leuten richtig absuchen zu können", sagte Terry, als bei Einbruch der Dämmerung die Schatten im Wald zu dunkel wurden und sie die Suche abbrechen mußten.

„Das ist leider wahr", brummte Rolf Hellwig.

Vermutlich sind sie gar nicht mehr auf dieser Halbinsel, sondern Richtung Landstraße gelaufen", mutmaßte Axel. „Dann können wir hier natürlich jeden Stein umdrehen, ohne sie zu finden. Dann sind sie schon längst über alle Berge."

„Wenn sie Richtung Landstraße gelaufen sind, wird sie irgendeiner der Farmer entlang der Straße doch entdekken." Helga Hellwig versuchte ihren Kindern neue Hoffnung zu geben.

„Ja, wenn sie bis dahin nicht verdurstet oder das Opfer von wildernden Hunden geworden sind", wandte Steve mit erschreckender Sachlichkeit ein. „Wilde Hunde, die sich zu Meuten zusammenschließen und auf Jagd gehen, gibt es leider viele."

„Ich habe ja gesagt, wir hätten erst den Zaun bauen sollen. Dann wäre das nicht passiert", meinte Rolf Hellwig bedauernd. „Nun, das soll uns eine buchstäblich teure Lehre sein, denn mit Heribert und Hermine sind gute siebzig Dollar davongelaufen."

Dagmar blickte entrüstet auf. „Wie kannst du jetzt bloß an Geld denken, Paps? Die armen Tiere..." Sie kam nicht mehr dazu, den Satz zu beenden.

„Mich trifft der Schlag!" stieß Axel hervor, der an der Spitze der kleinen Kolonne gegangen war und somit als erster den Saum des Waldes erreicht hatte. Vor ihm lag das Farmhaus im weichen Licht der Abendsonne, während der See dahinter schon von den Abendschatten in ein geheimnisvolles Dunkel getaucht worden war. „Da sind sie!... Heribert und Hermine!... Da sind sie!"

Dagmar stürzte zu ihm, packte ihn an der Schulter und starrte ungläubig zum Haus hinüber. „Tatsächlich! Sie sind zurückgekommen!" Sie hatte Tränen in den Augen.

Ihre Eltern waren nicht weniger erfreut. Doch als Helga Hellwig näher hinschaute, verwandelte sich ihre Erleichterung in Ärger. „Das ist ja wohl die Höhe! Erst setzen sie sich klammheimlich ab und gehen auf Erkundungstour..., und dann kehren sie genauso klammheimlich zurück, um mir die Blätter von meinen Rosenstöcken zu fressen! Rolf, das geht entschieden zu weit!"

Rolf lachte. Heribert und Hermine standen mitten in den Blumenbeeten und ließen sich die saftigen Blätter der Rosenstöcke schmecken, die seine Frau rechts und links des vorderen Verandaaufganges gepflanzt hatte.

„Nicht schimpfen!" bat Dagmar ihre Mutter, überglücklich, die beiden Schafe wiederzusehen. „Wenn sie dir die Stöcke kahlgefressen haben, kriegst du von mir neue."

„Über die Rosen sollten wir später reden. Erst einmal müssen wir diese eigensinnigen Schafsköpfe wieder einfangen, bevor sie uns noch einmal entwischen können", sagte Rolf Hellwig belustigt.

„Darin haben wir doch schon reichliche Erfahrung, Paps!" rief Axel.

„Am besten treiben wir sie in den Hundezwinger", schlug Dagmar vor.

Und so wurde es auch gemacht. Sie bildeten einen großen Halbkreis und näherten sich den Schafen ganz langsam, die diesmal nicht in Panik gerieten und davonstürmten, sondern ebenso langsam um das Haus zurückwichen. Sie merkten gar nicht, daß ihr „Fluchtweg" geradewegs in den weitläufigen, solide umzäunten Hundezwinger führte.

„Wir haben sie!" jubilierte Dagmar, als Hermine hinter Heribert durch das offenstehende Tor trottete. Sie lief zu ihnen in den Zwinger und hätte sie am liebsten ganz fest an sich gedrückt. Doch noch waren sie nicht so zutraulich, daß sie das zugelassen hätten. Aber als Axel spaßeshalber die Schüssel mit dem trockenen Hundefutter aus der Hundehütte holte und sie vor die Schafe hinstellte, kam Heribert mit hochgezogener Schnauze angelaufen, schnüffelte an den runden, murmelgroßen Futterkugeln und begann sie dann genüßlich zu zermalmen. Jetzt ließ er es auch geschehen, daß Dagmar ihm über den Kopf fuhr und seine Ohren streichelte. Heribert ließ sich beim Fressen nicht stören. Er hatte soeben seine große Leidenschaft für Hundefutter entdeckt...

Ben und Jenny fanden das zwar reichlich merkwürdig, aber wer regt sich schon über ordinäres Trockenfutter auf, wenn er von Herrchen und Frauchen mit richtigen Leckerbissen, wie Quarkbroten, Bananenscheiben und Wurststücken, verwöhnt wird?

„Am besten lassen wir sie nachts bei den Hunden im Zwinger, bis wir die Wiese richtig eingezäunt haben", schlug Rolf Hellwig beim Abendessen vor. „Morgens können wir sie ja rauslassen und anpflocken. Dann haben wir sie im Auge. Aber nachts müssen sie in den Zwinger."

„Hoffentlich vertragen sie sich mit Ben und Jenny", sagte Helga besorgt.

„Ach was, die freunden sich bestimmt schnell an", meinte Axel zuversichtlich und gähnte. Er war todmüde und sehnte sich nach seinem Bett.

Dagmar erging es nicht anders. Doch obwohl sie von der Sorge und dem stundenlangen Suchen total erschöpft war, konnte sie nicht sofort einschlafen. Sie horchte in die Nacht, wartete angespannt auf ein Geräusch, das ihr verriet, daß es mit dem Frieden im Hundezwinger vorbei war. Doch außer dem lauten Gezirpe der Grillen und dem Quaken einiger Frösche am Ufer konnte sie nichts hören, und schließlich fielen ihr die Augen zu.

Als Dagmar erwachte, weil sie auf die Toilette mußte, war der Tag gerade angebrochen. Dämmerlicht umgab sie, und sie rieb sich die Augen, als sie aufstand. Leise und auf Zehenspitzen ging sie ins Bad hinüber, das zwischen ihrem und Axels Zimmer lag. Als sie herauskam, blieb sie am Flurfenster stehen und blickte zum Hundezwinger hinüber.

Dort herrschte Frieden, ja sogar mehr als das. Jenny hockte auf dem Dach der Hundehütte, wie sie das in letzter Zeit öfter tat, gähnte herzhaft und sprang dann hinunter, um zur Zwingertür zu laufen und sich davor einzurollen. Wenn Herrchen und Frauchen kamen, würde sie als erste aus dem Zwinger laufen.

Bodo und Midnight hatten sich ebenfalls im Zwinger

eingefunden. Sie spielten mit irgend etwas Rundem und tobten wie die Verrückten durch die Hundehütte.

Direkt vor der Hütte lagen Heribert und Hermine, die Beine unter dem Körper, so daß sie wie zwei dicke Wollballen mit lustigen Gesichtern aussahen.

Und Ben?

Nun, Ben und Heribert schienen über Nacht die besten Freunde geworden zu sein. Von Bens Abneigung gegen Wolle auf vier Beinen war nichts übriggeblieben. Im Gegenteil, er schien erkannt zu haben, daß eine Freundschaft mit Heribert ganz sicherlich seine Vorteile hatte – denn er lag quer zu Heribert, seinen Kopf in das wollig-weiche Rückenfell gebettet.

Dagmar lächelte.

Die Tür neben ihr ging leise auf, und Axel steckte den Kopf zum Flur hinaus. Er kriegte kaum die Augen auf und klang ganz verschlafen, als er fragte: „Is' was, Daggi?"

Sie schüttelte den Kopf, ohne den Blick von den Tieren im Zwinger zu nehmen. „Geh wieder schlafen. Es ist alles in Ordnung... Es kann gar nicht besser sein", raunte sie zurück und freute sich auf den neuen Tag auf der Farm am Bibersee...

Liebe Leser,
ich hoffe, der Roman hat euch gefallen, und ihr habt mit Dagmar und Axel und ihren Tieren von der Farm am Bibersee lustige und zugleich spannende Stunden verbracht. Viele Dinge, die ihr hier im Buch gelesen habt, habe ich mit meiner Frau und meinen Kindern tatsächlich auf einer einsam gelegenen Farm an einem großen See in Virginia erlebt – mit Ben und Jenny, den Katzen und anderen Tieren, und ich freue mich, euch davon erzählen zu können.

Seit vielen Jahren schreibe ich nun schon für euch, für meine Leser, und diese Arbeit macht mir viel Spaß. Doch warum tauschen wir nicht einmal die Rollen – und ihr schreibt *mir*? Keine Sorge, Romane sollen es nicht werden. Ich würde mich schon über einen kurzen Brief freuen. Es interessiert mich nämlich, was euch an meinen Büchern gefällt – und was nicht.

Also, habt ihr nicht Lust? Setzt euch gleich hin, und schreibt mir ein paar Zeilen. Ich freue mich immer sehr, wenn ich Post von meinen Lesern erhalte. Wenn ihr möchtet, daß ich euch antworte und/oder eine Autogrammkarte mit mir und Ben zuschicke, vergeßt bitte nicht, euren Absender deutlich zu schreiben und eine 80-Pfennig-Briefmarke als Rückporto beizulegen – sonst bin ich bald so arm wie eine Kirchenmaus.

Hier ist meine Adresse: Rainer M. Schröder
Gaulstraße 38
5272 Wipperfürth

Ganz herzlich

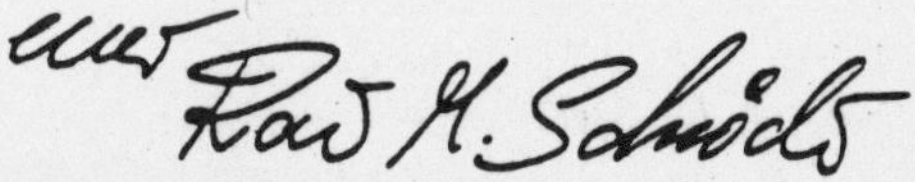

RAINER M. SCHRÖDER

Die Farm am Bibersee
(Band 1)
Alles dreht sich um Ben

Die Eltern von Axel und Dagmar haben in dem amerikanischen Staat Virginia eine alte Farm mit riesigem Landbesitz rundherum gekauft. Während Axel mit fiebernder Neugierde in die Neue Welt reist, ist Dagmar skeptisch. Und sie scheint zunächst recht zu behalten: Am Haus muß viel getan werden, die Wasserleitung platzt, und ein Stinktier macht es sich auf der Farm gemütlich ... Nachdem die Hellwig-Kinder Freundschaft mit zwei Nachbarskindern geschlossen haben und Dagmars Traum – ein eigener Hund – wahr geworden ist, nimmt auch sie ihr neues Zuhause an, und schließlich dreht sich (fast) alles nur noch um Ben!

HABE ICH		WÜNSCHE ICH MIR
	Kommissar Klicker (Band 7) **Alles im Lot auf der „Morgenrot"** Wenn sechs Ex-Ganoven auf einem Mississippi-Dampfer anheuern, dann kann das üble Folgen haben . . .	
	Kommissar Klicker (Band 8) **Der Gurken-Gangster** Wenn ihr bester Freund in Gefahr gerät, dann sind die sechs Ex-Ganoven aufs höchste alarmiert . . .	
	Kommissar Klicker (Band 9) **Das Omelett-Komplott** Wenn es den sechs Ex-Ganoven nicht gelingt, den wahren Täter zu finden, dann ist einer von ihnen dran . . .	
	Kommissar Klicker (Band 10) **Kennwort: Lukas Lollipop** Wenn ausgerechnet ein Kommissar hinter Gitter kommt, dann ist für die sechs Ex-Ganoven eines klar: Da ist was faul . . .	
	Kommissar Klicker (Sammelband: enthält die Bände 1, 2, 3 und 4) **Haftbefehl für eine Torte** Wenn ein Kommissar mit Glatze und glasklarem Verstand mit sechs Ex-Ganoven zusammenarbeitet, dann vergeht so manchem Gangster das Lachen . . .	